四川省作协乡村振兴重点作品扶持项目

冷盐

马希荣 著

四川人民出版社

图书在版编目（CIP）数据

冷盐／马希荣著. —成都：四川人民出版社，2024.1
ISBN 978-7-220-13540-8

Ⅰ. ①冷… Ⅱ. ①马… Ⅲ. ①长篇小说—中国—当代 Ⅳ. ①I247.5

中国国家版本馆 CIP 数据核字（2023）第 232727 号

LENG YAN
冷 盐
马希荣 著

出 版 人	黄立新
责任编辑	王其进　姚慧鸿
装帧设计	李其飞
责任印制	祝 健
出版发行	四川人民出版社（成都市三色路 238 号）
网　　址	http://www.scpph.com
E-mail	scrmcbs@sina.com
新浪微博	@四川人民出版社
微博公众号	四川人民出版社
发行部业务电话	（028）86361653　86361656
防盗版举报电话	（028）86361653
排　　版	四川看熊猫杂志有限公司
印　　刷	四川机投印务有限公司
成品尺寸	145 mm×210 mm
印　　张	7.5
字　　数	145 千
版　　次	2024 年 1 月第 1 版
印　　次	2024 年 1 月第 1 次印刷
书　　号	ISBN 978-7-220-13540-8
定　　价	68.00 元

■版权所有·翻印必究

本书若出现印装质量问题，请与我社发行部联系调换
电话：（028）86361656

目录

冷 …………………………………… 001
苦 …………………………………… 043
咸 …………………………………… 165
甜 …………………………………… 212

盐，性冷，味咸，百味之首。

川北人家对盐有不同的体味：量少觉甜，适度味咸，过则乃苦，超之为凉。

——题记

冷

1

透过会议室的窗户,一束方形的阳光倾泻成一片盐海,散发着炽热的光芒,把罗明烤得焦躁不安兵荒马乱,他觉得和一年前母亲去世的那个早秋一样热。

市文旅局召开的大田村乡村振兴帮扶工作规划专题会议已接近尾声,罗明还是没鼓足勇气开口。会议室里已是一团寂寞,一番热烈的讨论之后,大家在等待主持人总结发言后散会。张局长扫视了一圈,清了清嗓子,正要开口说话。罗明清楚,如果再不提出来,就没有机会了,他的心提到了嗓子眼上,脸憋得通红,细长的身子躬成了焗熟的大虾,脑海里飞翔着一只白鹤。

"我——我想,提——提一个建议。"

罗明深吸了一口气,握笔的右手刚举起又羞涩地缩了回去。放下的时候,他顺势摸了一下耳朵,声音小得听不清。

会议室泛起一阵骚动,目光的涟漪一齐向这个愣头青涌过来。他不安地扭了两下屁股,两眼紧盯着张局长坚毅的脸。罗明虽说是局办公室负责人,实则只是办公室的副主任,也不是驻村干部,按理他没有发言权。他列席会议的主要任务是做会议记录。

张局长面无表情,但还是向他点了点下巴:"你说。"

"我建议把'三减''三健'纳入乡村振兴帮扶规划。"

会议室又是一片沉寂。

"大家都说说吧。"张局长环视了一圈,继续低头在黑色的本子上记着什么。

"'三减''三健'这项工作,上面是在倡导,但没有明确要求必须要搞。我觉得还是缓缓再说。大田村的其他帮扶工作,如产业发展、基础设施维护等任务还很重……"驻村干部老刘说话分量重。

罗明的脸红得像一张朱色琉璃瓦片,他小声嘀咕:"但对老百姓的健康有好处……"

老刘的话被打断了。他有些生气:"有好处的事情多了,都搞的话,再派两个人到村上都忙不过来。"

老刘觉得实施"减盐、减脂、减糖""健康牙齿、健康体重、健康骨骼"措施是自选动作,而且没有先例可以参照,实施起来只会增加驻村帮扶人员的工作量,关键是效果不明显。

他心里十万个不赞同。

"但对老百姓的生命健康确实有好处……"罗明的声音大了一点,细长的脖子向前伸了伸,一字一句地往外挤。

大家知道,精准扶贫一开始,老刘就在带队驻村,已经六七年了。几次轮换,单位派不出人来,领导只能好言相劝,让他继续驻村,说好一有适合的人员就换他。老刘临近退休,儿子在南方一座城市工作,一年前老伴也跟过去带孙子了。现在老家这边就他一个人,他早就不安心了,想随老伴去照看孙子。如果再搞个减盐减脂减糖的新玩意儿,他担心会拖延自己驻村的时间,自然反对得最厉害。

"老百姓世世代代养成的生活习惯,光一句口号就能改掉了?再说,哪个闲得无事一天三顿饭跑到老百姓家里去监督落实?又如何去量化?"

"难度——难度大,我——我们就不干——干工作了?"罗明的声音大起来了。

"干啊。你来啰。"

"我——我又不是没——没在农村生活过,我怕——怕吗?"罗明的声音颤抖。

"不怕正好,你来。我也该回来了。"

说完,老刘将手中的中性笔高高抛起。啪的一声脆响,笔落在栗色的会议桌上,滚动了几下,掉到地上,啪的又是一声脆响,惊得罗明快速地眨了几下眼睛。

与会人员要么沉默,要么明面上肯定,但话里话外都是反对。罗明心虚了，老刘巴不得马上回来，他正在四处窥探，伺机逮住一个正当的理由或是借口，然后名正言顺回单位。至于派谁去驻村，他不是领导，才不操那个心呢。

静观众人争论，眼见气氛越来越紧张，张局长严厉地扫视了一下会场，又清了清嗓子，准备再次总结发言。罗明也不打算争论了，这样不会得罪老刘，也不会拖延会议时间，皆大欢喜。但是，母亲死后静躺在床上的情形清晰地浮现在他脑海中，随之而来的是一股莫名的怨气像火山一样活跃起来，又倏地激起了一股勇气和刚毅，把他心里的怯懦撞出老远。

该得罪的人也得罪了，该得罪的神也得罪了，罗明觉得反正事情都到了这份上，害怕也没有用，不如像当年拼命应对高考那样豁出去了。"我还是建议，把这个计划写进去。"

老刘以为胜券在握，胖脸上的红晕一点一点消退，正透出一抹喜色，一听罗明的话还是那样倔强，刚刚退去的血色又迅速掩杀回来，一脸绯红。

"年轻人想法多是好事，应该支持。人老了，跟不上形势，也干不动了。谁有能力谁上吧。我正式提出申请，不再担任驻村干部。"老刘轻慢的话语里掩盖着他海潮一般的怒气。

会场再次出现了一阵骚动，大家的目光冰粒子一般埋住了罗明。他的脸红得发烫，沉默了一下，迅即抽出笔记本中夹着的纸片激动地朗读起来。

"各位领导，大家好。我提出这个计划是有原因的，大家知道，我母亲就是因脑干出血突然去世的。人生最大的哀痛就是，子欲养，亲不在。如果我不做点事情，我就觉得对不起她老人家。大家回想一下，这样的情况在农村少见吗？这样的情况在我们身边少见吗？这样的悲剧带给亲人的痛苦还小吗……所以，我郑重建议，推行'三减''三健'计划，给父老乡亲一个提醒，为他们真心实意地做一件实事。我不是有意为难驻村的同志，还望你们原谅。罗明。9月26日。"

会场里一片沉默，老刘也低下了头。会议决定将罗明提出的健康生活计划，纳入乡村振兴帮扶规划，逐步有序实施。

散会后，罗明快步走出会场，一头钻进厕所里。关了门，使劲按住抽水龙头。憋了一会儿，他才在哗啦啦的水声中长长地舒了一口气。

2

一年来，母亲的影子总是浮现在罗明的脑海里，尤其是母亲去世的情形，总也挥之不去。

母亲去世那天晚上，睡梦中的罗明猛地惊了一下。朦胧中，母亲站在床边，穿着一件淡红色短袖衬衣，面容焦灼，不停地说着什么，两人之间隔着一层透明纸。看那着急的样子，大约是说她要出远门，再也回不来了，现在特地赶来和他打个招呼。罗明吓得连忙坐起身来，心头闪过一丝不祥的预感。

窗外灯火摇曳，平静如常。夜里两点二十分。

开始，罗明还觉得清醒，很快又迷糊了。他莫名其妙地想找一张散文获奖证书。他清楚地记得是放在衣柜抽屉里的,可现在怎么也找不到。后来,他无意间发现证书还放在原来那个地方时,母亲已经入土为安一个月了。

罗明喜欢读书。在村里,他是高考出来的第一个本科生,也是第一个考入市级部门工作的国家干部。八小时之外,他书不离手,手不释卷,爱写一些小文章,偶尔也有发表或是获奖的。可是,他处理人情世故的能力,远不如他读书那般聪慧,一遇事就紧张得全身抖动,话都说不利落。

夜里读书,他怕影响妻女休息,经常在客房里睡觉。主卧室里,女儿和妻子相拥而卧,睡得正香,呼吸均匀而酣畅。女儿的呼吸里还有一丝奶香,好闻极了。他轻轻地吻了吻女儿的小手,帮她们扯了扯被角,掩上门就出来了。

母亲不会有事吧?他开始担心起母亲来。

母亲有高血压,那是悬在罗明心上一块摇晃的石头。可是母亲一直坚持吃降压药,也从未出现过问题,而且她生性直爽,精神头儿好,什么事儿都敢说敢干,是一个拿棒都打不倒的人。头天中午,罗明的眼皮跳得厉害,特别想给母亲打电话,之前他从未有过这种急迫的感觉。母亲说,她正在河边田里掰苞谷,忙得很,空了再说。医院里要求搞秋季防疫普查,父亲每天清早出门,晚上才回来,忙得双脚不落地。

"不说了,我今天要把田里的苞谷掰完背回家。明天要割谷子了。"

"天气太热了,你要注意身体,你的血压高哟……"罗明的话还没说完，母亲就挂断了电话。

罗明心里坦然，一股甜丝丝的感觉很快埋住了担心的尾巴。他寻思，等父母忙过这一阵，就请他们到城里来住上一段时间，自己刚搬进新房，他们还没来过呢。一家人欢聚在新居里，该是多么幸福美好的场景啊。

回到床上迷迷糊糊躺着，罗明脑海里有一只白鹤有气无力地飞着，却怎么也飞不出去那片天空。那片天空阴沉沉的，像是在老家的小河边，细看又不是。

电话响了，他一把抓起来：妹妹罗灵。

"哥，妈妈喊不答应了？"

"咋的了？"罗明虽有预感，但他还是挣扎着不愿相信。

"喊她——她不答应了——"妹妹带着哭腔，又说了一遍。

"你莫急，慢慢说。"罗明安慰道，"只是喊不答应了嘛。"

"不是，妈妈——妈妈——她死了。"妹妹终究没能憋住，哭出了声。

妹妹是在母亲出事两个小时后才打的电话。她住在老家镇上，父母有什么事，她最先知道，也最先赶到现场。有了妹妹和妹夫的帮助，罗明为父母少操了很多心。

"娘，死了。我的娘死了——"

罗明在心里不停地呼喊，痛苦而又绝望。他感到喉头像是被抹了大把大把的盐，脖子撑得紧紧的，发不出一点儿声来，脑袋也顶得紧紧的，人有些眩晕。唯一清晰的是，脑海里那只白鹤快速地向天上滑去，转眼就不见了。

父亲的电话很快也来了,罗明听出他说话的语气异常平静,似乎早就知道会出这样的事情。他说,昨晚他回来得晚,电视还开着,看见母亲睡着了,顺手就把电视关了。他刚关了电视,母亲就醒了,生气地说,看个电视能用几度电嘛,一辈子都在节约,也没见你穿绫罗绸缎。说完,她就起身去开电视,转身回来的时候她往床上躺下来的动作有点大,只听到床咚的一声响,又听到她喉咙里发出嗒的一声响。"我去推你妈妈,她没有反应了。我赶紧掐人中穴,你妈妈还是没有醒来。我又跑去熬姜开水,等我端来的时候,她的牙关就打不开了。"

迷糊慌乱中,罗明只听了个大概。父亲后来说了些啥,他没有记住,只知道父亲说话异常平静。

母亲走了,自己的母亲死了,自己以后再也没有母亲了。

罗明想哭,但他哭不出来。他多么希望这只是一个梦啊,人们说梦是反的,母亲此时仍然好好地睡在那间黄泥小屋里,安然无恙,那该多好啊。

他在床上呆坐了一小会儿,才去叫醒妻子。素芳一听就慌了神,眼泪簌簌往下掉,蜷在床上浑身抖动,像一首诗词错乱了韵脚。这时,罗明才感到全身酸软,四肢无力,像一片焯了水的菜叶,慢慢地滑到了地板上。

"起来,快起来。"素芳扶起他,安慰说,"我们赶紧收拾一下回家。你是儿子,是老大,你现在是一家之主啊,这事要你来承头。"

"我?好。"罗明心中一片茫然。

离天亮还有两个小时，车站还没有车。素芳抱着孩子，陪他跑了两家银行，才从 ATM 机器上取回三大叠现金。素芳提醒他还要给母亲做遗像、订棺材。罗明打开电脑翻找母亲的照片，其中一张，母亲走在田埂上，尽管身体很胖，但她走得自信而又轻快，只是眼睛有点眯，眼角向上挑着，不是因为有阳光刺眼，而是她看见儿子在给她照相有点拘谨。罗明把这张照片存到自己的手机里。

天才开亮口，罗明带着一家人出发了。车上，他轻声细语地和别人谈着棺木的事。也有电话打进来询问情况，他声音低沉，不愿意多说。女儿似乎懂事了，一路上都在酣睡。妻子静默不语，偶尔能听到她抽动鼻子的声音。

车窗外，一弯细月淡淡地挂在天边，正在一点一点地隐去。

3

大巴山秋天的早晨雾气迷蒙，梨园坝死一般寂静，到处湿乎乎的，一片冰凉。车子缓缓滑过雾气飘荡的小桥和黄帐似的田野，没有一点声响。村东小河边，常年栖息着一群白鹤，不时有几只低低浅浅地飞起又落下，细长的脖子一伸一缩，似乎获食不少。偶尔一声轻叫，像是有人戴着口罩在咳嗽。小桥旁有一户人家，偌大一片竹林掩映着半段瓦房半段砖房，村公路从那家屋后穿过。粗壮如身旁花篮的华姐蹲在屋旁地里拔菜，她跟母亲要好，年纪也不相上下。她站起身来，举起蓬乱的头发，悲伤地看着车子从身边滑过去。若是平时无论如何她都会打个招呼，罗明也会摇下车窗跟她说几句话。这时，罗明的喉咙里充满着苦涩的盐味，一句话也说不出来。

离家还有好长一段距离，司机不愿意再往前走，从镇上回来的车是临时租来的。素芳付车费的时候，罗明一把推开车门，飞奔而去。

熟悉的院子里，从未有过这种肃穆的气氛。

二爹拿着弯刀正在剖一根胳膊粗的竹子，还有一个人在一块空地上打木桩拴绳子，另外两个人正在青石板院坝里拉扯一团花油布，他们在搭灵堂。母亲将在这里临时安息，葬礼结束后，这个棚子才会拆掉。

这块空地上，以前矗立着这座四合院的公堂屋。堂兄弟们开枝散叶后，多年没有人打理整修，公堂屋先是漏雨，后来椽子烂了，接着墙壁也垮了，最后，只留下这块空地。一到夏季，空地就被纵横交织的南瓜、丝瓜藤叶遮蔽，只有冬天，才能现出一地青黑的瓦砾来。

院子里，牛皮癣一样的青石板上散落着红纸屑，是母亲去世后家人在夜里燃放的鞭炮。那些清脆的响声会把人们从梦中惊醒，他们侧耳辨听声音传来的方向，很快就能猜出某人已经亡故。在乡村，没有人会平白无故燃放鞭炮，它是红白喜事的集结号。天亮后，人们就会陆续向这边聚集过来。

看见罗明跑进院子，父亲赶紧凑近来，像是一个无助的孩子突然有了依靠。"你回来了?"

罗明看他时,他慌忙避开了,眼睛里噙着泪,像是盐碱地上两汪小水潭。

罗明胡乱地撕扯着鞭炮纸,可是他手上一点儿力气都没有,连着好几下都没有撕开。

"大哥,给我吧。"堂弟超泉接过鞭炮。超泉是大娘的小儿子,他每年都要外出务工,农忙时节,他就赶回来帮母亲栽秧打谷。他一脸凝重,同罗明说话时,嘴角处不经意地闪现出一丝人们见面时惯常的微笑。

"辛苦了。"

罗明转身冲向母亲的卧室。那间屋子前后的窗户都打开了,比平时亮堂得多。

"快来看看妈妈。"

妹妹罗灵头缠孝布,斜坐在床头陪在母亲身边。看见罗明冲进屋来,她伸手理了理盖在母亲身上的棉被,低声泣咽。

母亲平躺在那张熟悉的席梦思床上,睡着了一样。刹那间,罗明以为母亲还活着,她只是病了,在静卧休息。可是,母亲脸上盖着的明亮黄纸,让他心头的欣喜跌入了悲痛的深渊里。

好想把头埋进母亲的怀里,像小时候受了委屈一样,痛痛快快哭一场啊。可是,死亡的恐惧又让他迟疑起来,他伸出去的身子猛地往回缩了一下。他是第一次亲身经历至亲死亡的事情啊。

罗灵看出罗明的害怕和犹豫，心里不快，大声说道："你好好看一下妈妈。"

罗明取下黄纸，母亲的面容呈现在眼前，和平时看到的一样慈祥安宁，只是更深沉更苍黄，嘴角渗着血丝。

"娘——娘，您这是怎么了？"

罗明觉得头晕得厉害，喉咙坚硬如同一截冰桩，全身抖动不止，就连放声大哭一场都做不到。他注视着母亲平静的脸庞，努力地想找出母亲苏醒过来的微小迹象，就像小时候母亲睡得很沉被自己喊醒时那样。

"娘，你醒——醒醒啊，快醒——醒醒啊。"罗明把身子向母亲靠去，一遍一遍低声呼喊，希望她听得见，希望她能醒来，"天啦，让我娘活过来吧，让我干什么都可以。"

母亲僵硬的脸庞一点反应也没有，还是那样深沉那样苍黄，肥胖的身子一动不动。很快，罗明就绝望了，他知道母亲不可能再回来了，自己再也没有母亲了。他的心像是被人使劲捏了一把，泪水很快弥漫成一片水雾。

母亲是天底下最好的母亲，她心疼儿孙，与人为善，她不该这么早就走了。自己刚买的新房，母亲还没有去看过呢；素芳给她买的新衣，母亲还没有穿过呢；女儿刚刚学会说话，还没有喊过一声奶奶呢……罗明觉得上天不公平，不该如此对待母亲和自己。他这样埋怨时，心中就升腾起一股浓浓的火气来，却又不知道向谁发泄。

"帮妈妈擦一下嘴角。"罗灵扯了一张抽纸递给他。

罗明手抖得厉害，一点儿也不听使唤，纸巾轻轻碰触着母亲的嘴角，好一会儿才将血迹擦拭干净。他顺手把带着血迹的纸巾紧紧地攥在手里，随后又将那张黄纸轻轻放在母亲脸上。

"快给妈妈烧点倒头纸。"罗灵又说。

地上燃着一只粗大的红蜡烛，一只缺边铁盆里有一层黑色的纸灰，盆边有一叠裁好的黄纸。罗明深深地跪下去，用额头不停地磕碰着潮湿的地面，悲痛像是一根冷得咴骨的冰糕堵塞在喉头，不能下咽，也无法吐出。他用力揉捏着喉头，哭不出一点儿声息来，泪水却像雨滴般落下。屋外，哀乐响起，罗明抓了一把黄纸点燃，看着黄色的火苗像夕阳洒满海滩，心中的悲痛喷薄而出。

"娘——"

母亲三十岁以后才有了罗明和罗灵兄妹俩。家庭的宠爱，加上开放的时代，罗灵自小活泼，而且强势。罗明把母亲喊"娘"，她却把母亲喊"妈妈"。从此，"妈妈"便成了村里的一种流行称呼。

屋外又响起鞭炮声，掩盖了罗明的哭声，惊飞了小河边觅食的白鹤。

4

罗明读过的书本上没有农村红白喜事的仪轨，沉重的悲伤又让他呆若木桩。如果无人支使，他会在一旁立上半天，一个劲儿地抹眼掉泪,像是一个局外人。

素芳端来温水,撕下一块用过的白棉布为母亲净身。母亲生前常说,净身布要用使用过的白布,不然布料上的颜色会给后人身体带来胎斑。净身水如果泼在屋里的多,以后儿子家就会发展得好,如果泼在屋外的多,女儿家就会发展得比较好。素芳把水一半洒在了门里,另一半泼到了门外。

在屋外空地上,素芳点燃几张黄纸,把那块净身布放在火苗上烤着。白棉布一点一点烘干,哧哧地燃起来,上面逐渐显现出来的条纹像花朵一样开放。很快,它又褪色成一张布灰,风一吹就散了。

罗明倚在门口看着素芳。他头缠孝布,白布条和麻线长长地垂到腿弯处,一走动就会飞动起来,夫妻俩都一个模样。

"是花,一朵牡丹花。"

罗明心里有了一丝安慰。老人们认为,如果燃烧的净身布显现的是花,这个人六世轮回会转到人道,投胎到人间仍是一个女人。如果是动物的形状,那就会转世牲畜道,成为猪狗或牛羊。

"好人啊。哪晓得走得这么突然。"前来帮忙的华姐在屋外淘菜,那些菜是她早上刚从地里扯起来的。她的手在水里不停地择洗着,眼睛也浸在盐水里。

"这人啦,咋说得准呢。按说,她该享福了。"厨房里,二娘随着二爹一大早就赶来了,她是乡村大厨,经历的红白喜事多,把厨房交给她,一家人都放心。

"一辈子都把活儿看得紧。昨天,那么大的太阳那么热的天气,她还在河边地里背了十几背苞谷。"

"都是累的。她是累死的。"

大娘端着一大盆雪白的米迈过门槛,正往屋里走。大娘是母亲的堂嫂,大爹出车祸去世后,她和大儿媳合不来,就跟小儿子超泉生活。以前,同祖父的堂兄弟五六家人住在四合院里,一群妯娌常为一些小事互相争吵。尤数大娘和母亲吵得厉害,这也让她成了最了解母亲的人。但是,遇上这种事情,心中有再大的怨恨也会过来帮忙。

"大娘,你说的啥子?"罗明有些震惊。

看到罗明一脸疑惑,大娘赶紧换了语气。"我说,你爸爸妈妈做了好多田地哦,一年四季没有闲过。你们喊他们进城去耍呢,他们舍不得田地里的活路。那么累了干啥嘛。"

"娘是累死的?"罗明心中一惊,他听得清楚,大娘刚才说的就是这个意思。

"罗明,搞快些去报信哦。这几天农忙,大家都在收谷子。你要去请哟,多请些人来帮忙。"知客师在门外喊他,"不然,这个场面撑不圆哦。"

罗明要二爹陪自己到舅舅家去报丧。天气热得让人胸闷头晕,路边稻田里黄澄澄一片,地里的豆菜耷拉着叶子,苞谷秸秆变成一地枯枝,闷热的风一吹就哗啦啦作响。二爹走在前面,胳膊下面夹着一条鞭炮。罗明慢腾腾地跟在后面,手里拄着一根两米长的竹棍,孝布和麻线在身后摆荡着,把长长的阴影扔进一片焦黄的阳光里。

舅舅站在院子里,罗明疾步上前,对着他跪下磕头。舅舅一步闪开,电着了一般。罗明想转过身子,但他已经磕完了一个头,便将就着又磕了两个才站起来。

舅舅年过五旬,披着一件灰白色牛仔上衣,浅色衬衫的领口奓拉着,腰间黑皮带上松松垮垮地吊着黑色西服裤子,脚上是一双黑皮鞋,看上去有些破旧,因穿得太久显得很合脚。他阴沉着脸,双手叉腰,歪斜着身子站在屋檐下。罗明叫了一声舅舅,他没回应。二爹叫了一声哥,他有气无力地应了。罗明在院角点燃了鞭炮,阳光里,一团青烟慌乱地扑向金黄的田野。

"坐。"舅舅的声音小得几乎听不见。

"不坐了,家里还有好多事。"

二爹站着给舅舅说,镇卫生院的医生来看过了,大嫂是高血压导致脑干出血去世的。这个病是急症,就是提前把手术台放在床边,也不一定能把人抢救过来……

舅舅默默地听着,眼里一窝泪珠。"我姐是个苦命人,她是累死的啊。"

回来的路上,二爹拖着长声数说罗明,报丧是给列祖列宗报告丧事,不仅仅是给活人报信啊。作揖磕头只能对着堂屋里的神位,不能对着活人啊。对着活人磕头报丧,它不吉利啊。"哎,不晓得你娃儿这书是咋念的。"

5

灵棚已经搭好。父亲用他那医生般的精心清理着灵堂周围的杂物,他把地上的瓦片捡到筐里提走,还想把浮土铲到菜地里去,院子里烟尘扑腾,人们四处走散,避之不及。

罗明有些生气,都什么时候了,还这般斯文秀气,没有一点儿伤心的样子,好像死的不是自己女人。他狠狠地瞪了父亲一眼,凑近父亲耳边低声说道:"到屋里去陪陪娘嘛,你不怕别人说你?"声音虽小,但恨意十足。

父亲一下僵住了手脚,好一会儿才醒过神来:"说我啥子?整干净了不好吗?"他气冲冲地回到屋里,坐在母亲身边,埋下头响亮地唉声叹气。

"我没有想到,你会走得这样急啊……"

陆续有人来到院子里吊唁。又一阵鞭炮声响起后,一个身材高大的人从院坝下面走上来,六十多岁的样子,肩背宽阔,身上像是披了两挂猪肉。声音洪亮似大锣。

"哎,这人活着有啥意思,说没就没了。"不待别人招呼,他就在院中一张大方桌前坐了下来。罗明木然上前递烟问候。父亲见罗明不认识他,连忙迎过来,一脸笑意地打招呼。

"罗中胜,你儿女都算有本事了,还做那么多庄稼干什么,你看把人累成啥样了?"他不住嘴地把父亲狠狠地数落了一番。父亲耷拉着头,像一株青蒿被顽皮的孩子伤了尖梢。

"农村人,光耍起?还是要找点儿事做嘛。"趁他大口喝茶的时候,父亲才插上了嘴,他转头对罗明说:"这是你干爹,杨记江。小的时候你还到他们家去过呢。"

罗明记得母亲说过,自己出生晚,又多病,就找了一个木匠当干爹护佑自己健康成长,两家走动了几年后就慢慢断了往来。罗明对二十多年前的这件事情已经没有多少印象了。

"干爹。"罗明恭敬地应承着,干爹挺了挺胸背,一副威严的长者模样。

"罗中胜,棺材我已经拉来了,就在下面公路上。全柏木,漆得好,内堂子也宽敞。"

罗明有些懵,自己联系的棺材这么快就送来了?妹妹罗灵怎么没有同路回来呢?

"娃儿已经订好了。这事儿怪我,事先没有跟他们商量。"父亲有些口吃。

"订好了?"

"订好了。"父亲说得十分肯定。干爹猛然站起身来,夸张地摇晃着宽大的肩膀,气呼呼地说:"早些说嘛。拉都拉来了,你又不要了。"

耳闻目睹,院子凝固着一种奇怪的氛围,大家仿佛同时受到了惊吓。

"哎,说起都是一屋子聪明人,这事办得……"

白事先生摇头,还长长地叹了一口气。有年轻人悄声问啥事不好,先生说男怕逢九,女怕逢六,今天就是初六,丧家只能要一副棺材，哪有同时订两副棺材的？不是好兆头啊。

杨记江刚走，罗灵就打来电话，要帮忙的人到公路上去抬棺材，他们的车马上要到家了。还没有下车，罗灵就问罗明："哥，说你把价都讲好了？"

"早上打电话说好的。老板的弟弟是我的高中同学。"

"你咋不早说呢？我今天早上也给他讲好了的。"

"一回事嘛。"

"一回事？你明显就是不相信我们嘛。"

"哪个不相信你们？"

"一副棺木，谈了三桩生意。这是丧事，你以为是啥子好事吗？你读的书比我多，农村的风俗你不懂？再说，你就那么相信一个外人，不相信我们？我谈的价格也比你谈的要便宜五百多块钱啊。"

纵身跳下车，罗灵气呼呼地先走开了。罗明被噎得说不出话来，村里的红白喜事多，从来没有一件事是径直来找他的。他参加得不少，但顶多算一位凑热闹的看客。这次他主动办了一件事情，哪晓得出了这么多岔子。

"大家把牌放一下，帮忙把棺材抬回来。"

没事可做的时候，一伙帮忙的人在院子里扯开两张桌子打牌。支客司连吼了三遍，一群有老有少的男人才恋恋不舍地起身离开。

"牛娃子，你明明该出双嘛，出一对7，一对2收，哪个打得赢吗？"

"我手里还有两张单牌,多一张K。"

"出单也可以啊,2收牌。单双都要赢。"

"你看了三家的牌,当然晓得了。"

"不看我也晓得,算也算到了嘛。打球得多孬哟。"

"你打得好?咋不上场?"

"等会儿,来啰。"

漆得油亮放光的棺材很轻巧,如果不是一副棺木,男人们可能会嬉笑打闹着赶紧跑回来。桌上的牌没有收,回来晚了抢占不到位置。

白事先生一番仪式之后,那副全柏木的棺材就安置在灵棚里事先准备好的两条板凳上。父亲前后左右相看了两圈,说内堂窄了,要修一下。母亲本来就胖,穿戴整齐后,就更胖了,肯定睡不下去。

二爹找出凿子和斧头,开始清理棺木内堂。他边凿边抱怨,这些狗日的木匠,做了一辈子木活,还是一副死脑筋。现在的人,哪个不是一肥二胖嘛,他们还在按老尺寸做,只晓得偷工不知道减料。

素芳和罗灵将内堂清理干净后,又铺上刚买回来的寿被寿褥。她们努力使超宽超大的被褥尽可能平整些,就像整理床铺一样。

"罗明,罗明,把你妈妈背过来。"白事先生喊道。

罗明走进屋里,父亲、素芳、妹妹和妹夫跟着进屋。他们在母亲背后穿过一根布带,再把母亲搬起来放到罗明的背上。

母亲的遗体已经僵硬，罗明觉得自己背着半截宽大沉重的粗木料。他还是有些害怕，头皮发麻，细长的双腿不住地打战。毕竟是第一次背尸，尽管那是自己亲爱的母亲。他起身的时候，母亲的一只手硬邦邦地耷拉下来，重重地打在他的胳臂上，他吓得一哆嗦，身子左右晃了两下差点摔倒，一群人赶紧拥过来扶住。母亲的手已发黑，尤其是五个粗短的指头，又黑又硬，右手食指关节处还有一个粗皮断口。他心里涌起了无尽的悲凉和痛苦。母亲生前是很辛苦的，他开始有点相信人们的话了。或许，母亲真是累死的。

众人将尸体从罗明背上抬下来放进棺材，母亲太胖，她的遗体被搬动了好几次才安放好。整理好一切，白事先生将冰棺冷冻器塞进去，才盖上棺盖。罗明站在那里许久一动不动，看着白色的冰花从棺盖缝里冒出来，又一点一点长大，自己似乎置身在冰天雪地间。

——你娘是累死的。

一天下来，这句话罗明听到了好几次，它像眼前的红蜡烛一闪一闪地跳着，跳得罗明心神不宁。

罗明跪到母亲的灵前，点燃一把黄纸，熊熊的红光照得罗明脸上一阵通红。现在，他感觉不到冷了，相反热得难受，浑身黏糊糊的，头晕得厉害，胃里也恶心得想吐，全身上下没有一点儿劲儿。他脑袋里一片混乱，手中的黄纸烧到手指才回过神来，耳边又响起了那句话。

你母亲是累死的。

既然母亲是累死的,那父亲在干什么呢?他真的在外面做防疫普查吗?

罗明摇摇头,嘴角勾起一丝冷笑。他不愿意深想,更不愿意深究。万一真有什么不好的事情呢。家丑不可外扬。再说,查清了又有什么用呢?母亲还能再回来吗?他努力想掐灭心里那个可怕的念头。可是,那个念头倔强得像母亲棺材里的冰块一样,正在不断地膨大,他越是不让自己想,它就长得越快。

6

老刘回到村上住了一周,没有和村干部聊过即将推行的"三减""三健"规划。村支书刘德新在看乡村振兴帮扶规划时问起,老刘才说是单位开会讨论临时加上去的。村社干部们传看后都摇头说,事是好事,关键是如何落实?农村人几千年来养成的饮食、生活习惯哪会轻易改掉?

老刘心里本来就不痛快,自然没有多做解释。听大家这么说,他暗自高兴了一会儿后心情更加沉重。局里开会议定的事情不可更改,"三减""三健"规划自然也不可能不推行,恐怕这一年又回不去啰。晚上,老婆打来视频电话,没有别的问候,话语直奔主题。

"你好久回单位去?"

"不晓得。现在单位还没说让我回去。"

"那么大年纪了,你还图个啥?"视频里,老婆把奶瓶送到孙子手里,转过头来,满脸怒气。

"图啥?图鸡屁股上那一点油。"老刘也有些生气了。看到小孙子转过头来对着镜头吼吼地叫着,他马上换上一副笑脸。"孙儿好乖哦,喊爷爷。"

"喊爷爷。"老婆也让小孙子喊,但孩子还不会说话,只是一跳一跳地叫着。

"爷爷空了就来带你哈。"老刘和孙子说着话。

老婆接过了话,也对孙子说:"你给爷爷说,你都不来带我。我认不到你是哪个。"

"我空了就来带你哈。"

"你究竟好久有空呢?"老婆质问他。

"哪个说得准嘛!"

"我看不把你这老东西累死,他们是不会放手的。"

"谁说不是呢。过去累死累活的,满以为现在要轻松一下了,哪晓得事情还是不少。现在,又要整一个啥子'三减''三健'计划,好像驻村干部一天没事干一样。"

"哪个喊你们整的?"

"罗明别出心裁搞的。"

"那就让他来搞啰。"

"我咋好意思说嘛。"

"人家都好意思说,你咋不好意思呢?"老婆抱起孙子又说,"你莫看这娃儿小,费事得很。白天,儿子儿媳要上班,你不过来帮忙,有时我连饭都吃不上。"

"我知道了。"

儿子接过电话，也劝父亲早点回单位，过两年退休了就过去跟他们一起住，和母亲帮着带一下孩子。搁下电话，村委会一片宁静，四野黑得彻底。老刘一肚子辛酸和为难，一夜都没有睡好。

第二天下班前，在张局长的办公室里，罗明不敢相信自己的耳朵。尽管之前他有了预感，当初在会议上提出这个建议时，甚至说，当他动念时，就隐约感到这件事和自己有着扯不脱的关系，只是没想到来得这么快。

"我们想找个人来轮换他。"张局长说。

"是啊，他也干了那么久了。再说，他有胃病。"罗明知道老刘的情况。

上午老刘回单位的时候，罗明看到他一脸疲惫，两个眼袋肿得像红枣，几天不见，人一下子老了好几岁。别人跟他打招呼，他也不搭理。往次回来，他都要到每个办公室走一转，跟大家打个招呼，开开玩笑。这次，他一到单位就钻进了张局长的办公室待了好半天，出来后就走了。罗明都觉得老刘今天很奇怪。

罗明也很同情老刘，顺嘴帮忙说几句好话。可他没有想到，张局长并不是问他老刘该不该轮换，话锋里是在征求他本人去驻村的意见。

见他悟不透，张局长直接说道："我觉得你是一个合适的人选。"

"我?"

"对。"

"我——我吗?"

罗明糊涂了,绝对不是装糊涂。人,有时候就是这样,别人啥都明白了,唯有当事人蒙在鼓里醒不来。

张局长笑了。"单位决定让你去驻村。"

"我——我去驻村?"

"对,就是你。"

罗明心里一阵翻腾,难受的滋味铺天盖地席卷了全身。自己一片好心帮老刘说好话,没有想到是给自己挖了一个坑。好傻啊!他后悔不迭,可是说出去的话收不回来了。如果不是在领导办公室里,他真想给自己一个响亮的耳光。可是,如果去驻村,家里怎么办?孩子怎么办?他的脑海里快速闪现出一连串惊诧的面孔。

"你回去给家里人商量一下。争取他们多理解支持。"

"我手头还有一堆——堆工作没有干完呢。"罗明的语气近乎乞求。

"会安排人来接替你的,不能闹情绪哦。"

领导说话的水平就是高,找不出半点破绽。罗明像是被围堵在三面高墙里,摆在面前的出路只有一条,而那一条敞开的路,正是他们端着枪口想要自己去走的路。

"我——我要回去跟素芳商——商量一下。"说完,他抬腿走人,心里狠狠地骂道:"老狐狸。"

7

罗明是单位难得的写手,当副主任两年了。局办公室主任位置空缺后,素芳要他找领导"说"一下,他始终未动。大半年了,他依然是负责人,拿着副主任的工资,操着主任的心干着主任的活儿,每天手头上的事儿不少一件。

局里在研究派谁驻村的时候,领导们意见不统一。有些领导觉得他不够成熟稳重,待人接物不懂变通,到了村上肯定会面临很多问题,也会影响到单位的帮扶成效。张局长认为,从另一个方面来看,说明这个年轻人有想法有锐气,是一块干事的好材料。乡村振兴过渡时期的帮扶工作需要"稳",更需要"破"。正好,让他在新的岗位上历练一下,说不定能长成一棵大树,同时还可能把帮扶工作推向一个新高度呢。

罗明一时半会儿哪能体会到领导的用意?他的世界飞雪满天,寒冷冰封。

闷声回到办公室,罗明开始整理文件,收拾物品。这张熟悉的办公桌明天就该让给别人了,他心里不免泛起阵阵伤感。

素芳打来电话。"下班早点儿回家,爸爸进城来了。"

"哪个爸爸?"罗明一把罩住手机,瘦长的右手拇指弹簧似的,快速将电话音量调小。

"哪个爸爸?"电话两头的声音都小,都没有好气。

素芳在一家保险公司当业务销售员,上班时间相对自由。

家里家外都是她一手操持，罗明能不管的就不管，能不问的就不问，乐得清闲自在，和卧龙岗散淡的人相比，只是少了一袭纶巾一把羽扇。

罗明心里清楚，不到万不得已，素芳是不会在上班时间打来电话的。素芳父母双亡，她说的"爸爸"就是自己的父亲。但这个时候，罗明压根儿就不想提起这个人。母亲走后，有关父亲的一件事、一句话、一个动作，甚至一个念头，都会让他不自在，无端生出许多烦心事儿来。

素芳把父亲迎进屋时，趴在他背包上的青蟋蟀，轻轻飞到客厅里亚麻布沙发上，她将它捉住放到窗外，看它滑落到楼下花园里，才给罗明打电话。

父亲起得早，先到屋后坟地里走了一转。立秋后雨水多，坟地里的瓜叶开始泛黄，青梨一样的秋瓜娃差不多都掉了，只有两个躲在母亲坟头上那丛高大茂密的茅草下面没有被淋烂。地里湿漉漉的，四周白茫茫一片，看不见远处的山和近处的房子，田埂上两棵大柏树影如篷船停泊在白雾中。

雾里飞旋着毛茸茸的水珠，父亲打了一个喷嚏，地里一只白鹤振翅飞上竹梢，摇起一阵大雨。雨停后，他长长地伸出双手，摘下那两个瓜。

"他娘啊，我要进城去耍两三天，跟他商量一下砍树的事情。你在家要好好看屋哦。"

走出两步，父亲又回头看了一眼母亲的坟，嘀咕道："我不晓得啥子事情把你儿子得罪了。这一年来，你看他对我的态度哟,不如一个外人。"

母亲没有理他,只是吹起一阵风,把坟头上那丛茅草摇得哗哗作响,甩了他一脸清凉的水珠。他抹了一把脸,四下打量着荒草披覆的坟堆,还有不远处小船一样的柏树,眼睛湿润了。

"你莫生气啊。我没有怄他的气,只要他不生气,我就放心了。"

父亲转身离开时,一只青蟋蟀从坟头上飞下来,轻轻落在他身上,茅草尖上的水珠又摇摆起来,一颗一颗掉下来。

回家后,父亲抓起背包出了门,走了几步,又转回来,用力推了一下门,确定锁好了,才迈开大步往镇上走。昨晚,父亲就在屋里进进出出的,他一会儿把换洗的衣物装到包里,过一会儿又取出来,反复了好几次。后来,他坐在沙发上抽了一支烟,青烟从嘴鼻里喷出来,弥漫在他蓬乱的头上,如同一根正在燃烧的高香。抽完烟,他几下拉上背包拉链,又把扣子全扣好,才仰面躺在沙发上睡下。

父亲不喝酒,不打牌,但把抽烟看得紧,五黄六月,即使秧子搭在田埂上,他也要抽上一支才下田。早年,父亲是村里的医生,给人诊病攸关生死,他说啥是啥,没人敢胡乱多嘴。村里红白喜事,他常去帮人家写对联、写礼簿,还当过两次支客师。母亲讨厌父亲一身烟臭,却极少骂他,大小事情都让他当家做主。然而,出过一次医疗事故后,父亲在人前人后矮了一大截,似乎披了一件脱不掉的湿衣服,也很少出诊了,后来干脆连话都很少说了,和母亲交流也很少。历来顺从的母亲骂他三脚也踢不出个响屁来。现在,母亲走了,他又想说话了,可是找不到人跟他说,他觉得孤寂,就像山庙里的独和尚。

8

摁掉素芳的电话,罗明两腮通红,一身大汗,满腹烦躁烤得他心烦意乱。火热的阳光斜照在办公桌上,还有两份没有处理的文件摆在那里。罗明抓起一支签字笔,却写不出水。他又换了一支,还是写不出字来,他把笔狠狠地砸进了垃圾桶。

同事们抬头看了一眼,又埋了头哧哧地笑。刚才打电话的是一个女人,罗主任声音那么小,生怕别人听见了,是不是有什么事情啊?罗明瞟见他们脸上挂着掩饰不住的坏笑。

家里那些事怎能让外人知道呢?罗明心虚,脸更红了。遥控板呻吟了几声,强劲的凉风全方位扫荡着办公室。他梗着脖子不出声,把文件挪过来,又放了回去。他无法集中思想,一行字看半天也不明白是什么意思。每天的文件都要及时处理,每一份都需要他这个负责人提出建议后才能分送给领导们。他还没有办完交接手续,必须处理完了才能下班。

"文件签完了?"同事王小君径直走过来,两手撑在办公桌上。

"没有,我还没有看完。"罗明扭了几下,显得局促不安。

"搞快些,张局在催了。"她用手轻拍了一下桌子,砰的一声响。

"好的。"

"没精打采的,中暑了?"

"没有。"

"那就搞快些,一个大男人做起事来啰里啰唆的……"说完,她风一般地走了。

"有什么事?需要帮忙不?"办公室负责财务的李姐左右拉了一下披肩。

"没——没事。谢谢。"

"年轻人,色字头上一把刀,你可要小心哦。"

老赵原来是单位的司机,公车改革后,无车可开,他就成了办公室里的公勤人员。他终日无所事事,对工作从来不上心,唯一上心的,除了工资和到点退休外,大概就是三句话不离的男女之事了。但有他在,沉闷的空气里偶尔会激荡起放声大笑,加上他对人友善和气,让他不但不被同事嫌弃,反而成了最讨人喜欢的人。

"莫——莫乱说,我可没——没有哈。"罗明心里更添了一些火气。

"有也不要紧。有经验可以分享嘛。"

老赵的话逗来一阵大笑。

罗明苦笑一下,又僵住了。他想起了父亲的笑,先是两个嘴角向外拉开,仿佛一个大气泡从锅底冒出来。接着向周围散开,在眼角处堆起放射状皱纹。过一会儿,才一点一点固定下来。这样,一张蜡黄的豆油皮就皱巴巴地覆盖在锅面上。

见罗明神情尴尬，并不是他们所想象的那样，李姐和老赵对视了一下，不再作声。过了一会儿，李姐站起来，说道："罗主任，我有点事，请假先走一步。"

老赵也站起身来，笑嘻嘻地跟着李姐往外走。"罗主任，她有好事少不了我，也先走一步。"

罗明没有回答。他嘴唇颤抖着，脸上阴云密布，眼睛更红了，似乎要下一场阵雨。他拼命集中注意力，但白纸上那些黑字依然模糊不清，随后又游动起来，慢慢汇聚成了父母的脸庞。他努力排挤着父亲的模样，可那个他不愿看到的形象不停地闪现着，反倒挤到最前面来了。好半天，他才回过神来。

罗明慢条斯理清理好办公桌上的物品，又跑了两趟厕所，才抱着一箱东西按电梯下楼。公交车来了，他刚想跨腿上去，又赶紧缩了回来。今天，烦心的事儿都挤到一起了，烦躁像冬天腌肉的盐，朝着不同的路径齐头进发，渍浸着全身。他不想那么早回家。

9

父亲是第一次到自己的新家来。遗憾的是母亲从没来过，而且再也不会来了。但是，罗明回家还是比平时晚了好些时候。

罗明在城北山脚下买了新房，那里绿化环境好，价格尚能接受。回家要经过一截尚在开发中的路段，路边工地上残留着零星的菜地。这里离单位有点儿远,坐公交车要个把钟头。

饭厅里,饭菜香气里弥漫着淡淡的烟草味。看见罗明开门走进屋来,父亲连忙在纸杯里掐灭了半截烟,快步迎了过来,伸手要接过他手中的箱子。

"回来了?"

"嗯。"罗明抽了抽鼻子,又皱了一下眉头,借着换鞋顺势背过身子。他没有把箱子交给父亲。

"过来吃饭,肚子饿了吧?"父亲一怔,又说。

"你要来,咋不提前打个电话呢?"

"你们忙,反正我又没事。想来就找来了。"父亲接着说,"我问了好多人,出租车才把我拉到这里。"

"今天咋回来这么晚?我们都在等你吃饭呢。"素芳怒嗔。

"你们吃啊,等我干啥?"罗明话里有些带气。

"爸爸坚持要等你回来才吃饭。"

六个菜,三荤两素一汤,素芳准备了丰盛的饭菜,父亲吃得很舒心。素芳的脸上浮现着笑容,不住地劝父亲多吃一点:"平时,你一个人在家里,难得做一顿好吃的。"

"一个人,也不想做。"这一顿,父亲的饭量大得让素芳吃惊。

父亲不会做饭。母亲在世的时候,他几乎是饭来张口。现在,他要自己动手才行。米饭好说,有电饭煲。炒菜就不容易了,他从地里扯一大把青菜萝卜回来淘洗一下,加点油盐,放在锅里煮熟就是菜。即使做这样的饭菜,他也怕麻烦,做一顿就要吃一天。素芳做的饭菜，对父亲来说，算是久违的佳肴了。

罗明一直没有说话，连假情假意的客套话都没有讲。他几口刨完一碗饭，把筷子一搁起身要走。父亲劝他多吃一点。罗明有些不耐烦："我自己晓得。"父亲看了一眼他的脸色，不再说话。

罗明来到书房里，挪过一本书打开，可是他一点儿也看不进去，脑袋里不断地变幻出各种想法，无法排除。

"罗明今天咋了，不高兴？"

"他就是那个样子，你晓得的。"

饭厅里传来素芳跟父亲的对话。

"这娃儿，黑着脸给哪个看？就是一个外人到家里来了，你也不应该这样嘛。"

"可能单位上事情多吧？"

父亲越说越生气："事情再多也不该这样子嘛，何况，我还是他父亲。"

素芳赶紧劝慰老人家："爸，您别多想哈。"

"他妈妈死后，他不说经常回家看看。我大老远来了，而且是第一次来，他不管不问不说，还给我使脸色。啥意思？"父亲越说越激愤，"不想管我，就明说。"

父亲的话一针一针地扎在罗明身上，他的身体青蛙一样慢慢鼓了起来，鼻孔张得大大的，心跳得咚咚直响。他几次想冲出来质问父亲：母亲到底是咋死的？她死之前你真在忙防疫普查吗？如果不是干活那么苦那么累，母亲会出现这种情况吗？

你是医生，你明知道母亲有高血压，为啥不提醒？为啥不劝阻？

那只白鹤又飞进了罗明脑海里，他深深地吸了一口气，努力使自己冷静下来。突然，他看见崭新的栗色书桌上有一粒花生米大小的烟灰，用手一碰就散成了灰。不用说，肯定是父亲下午来的时候在书房里抽烟了。想起母亲一辈子讨厌父亲抽烟，罗明似乎一下子找到了发泄的理由，一口吹掉烟灰，顺手抓起一支毛笔，狠狠地甩在书桌上，毛笔弹到墙上，留下一道短促有力的屋漏痕。

"哪——哪个没——没照管你了？"罗明一紧张就结巴，脸涨得通红，浑身颤抖。

"我不是来讨口要饭的。你不管，我可以走。"

父亲猛地站起来，身体失去平衡，差点儿摔倒在沙发上。他半趿着拖鞋，脚步很响地走进小客房开始整理东西。

素芳呆住了，一时找不出劝慰父亲的话来。她怔怔地坐着，没有收拾桌上的碗筷。突然，她站起来对着罗明大吼起来："爸爸进城来耍，你本来就该好好对待，你这个态度，哪个心里会舒服？"

随后，她来到客房里。"爸，罗明就是这个脾气，自己的儿子你最了解他的性格。再说，到了儿子家，还能出去住旅馆吗？晓得的人，说是儿子儿媳妇对你不好，不晓得的人还说是你不对……"

她一边劝说一边顺势从包里取出父亲的衣物和随身物品，把包挂在衣橱上。

"这个娃儿哟,以前读书的时候多听话,人家都夸他懂事。读了几年大学,上了几年班,咋变成这个样子了?"

"他可能有事,心里不痛快吧?"

夜里躺在床上,罗明还是气鼓鼓的,手脚放在哪里都不落实,翻来覆去无法入睡。素芳像一具雕塑,一动不动地躺在一边,也没有睡意。

"你这个脾气要改改了,你对我凶,我无所谓,我也理解。家里来个人,你不能这个态度。否则,以后哪个敢上我们家的门呢?"

"不上我的门,我还清静了。"罗明余怒未消。

"你看你哟,现在变成啥样了?在家里,动不动就争争吵吵。在单位,你对人却很好。你就不找一下自己的原因吗?"

"我有啥原因?像你一样到处和稀泥?她是我娘,我心里过不去这道坎。"

素芳知道辩不出结果,只好背过身去。

第二天早上,父亲和素芳在客厅里说话的声音惊醒了罗明。

"第一次来,就多耍几天嘛。"

"我以后再来。"

素芳冲进卧室,一把扯开罗明身上的被子:"爸爸要走了,你总要起来送一下啰。"

罗明慢吞吞地起床。父亲把背包搁在门口,正在弯腰穿鞋袜。那双罗明穿过的旧皮鞋,鞋底边缘裂了一串小口子。

"回去干啥?"罗明问。

"地里的辣椒红了,再不摘,下一场雨就烂了。我就来看一眼,你们都好,我就放心了。"

"再耍两天。"他的话像一捆端直的钢筋,硬邦邦的。

"你工作也忙,素芳也要上班。大家都没空。"说着,父亲把背包甩到肩上,又伸手按了电梯。

"我送你。"父亲心意已决,素芳知道留不住他。

罗明心里五味杂陈,转身来到阳台上,一眼就看见花草间,悄无声息地趴着一只青蟋蟀。罗明喜欢养花草,他想把书里的意境照搬到阳台上来。那只蟋蟀腹部膨大,通体绿色,眼白纯净,像一只玉雕鼻子。他觉得有点眼熟。

母亲入土为安那天夜里,罗明一宿未眠。素芳害怕,要开灯睡觉。突然飞来了一只青蟋蟀爬在蚊帐上,头朝向床里,身上披覆了一道亮光,静静地看着罗明。罗明把它赶走,它飞了一圈后又落到了原处。素芳说,可能是娘回来看我们了,不要撵它。青蟋蟀和罗明对望了一夜,天一亮就不见了。

大门砰的一声关上,罗明心里一颤,头脑也嗡嗡作响。他心里十分难受,后悔不该摆出这个态度,毕竟那是自己的父亲,是给了自己生命的亲人。他并不是真的怨恨自己的父亲,只是心里的疑问、火气实在不知道向谁发泄。母亲究竟是如何死亡的疑惑和迁怒,像一蓬秋凉后的刺藤,总是疯狂地生长起来,扎得他心里难受不已。

送走父亲回来,素芳看见罗明双手抱着头仰靠在阳台躺椅上，一副睡眼惺忪的样子，没有好气地问道："你不上班了？"

罗明本想请假休息一天，看见素芳一脸不悦，又想起昨天的文件没有处理完，便打消了念头，连早饭都没吃就出门上班去了。

错过上班高峰期，公交车里的人不多。一位老人挂着拐杖慢腾腾地爬上车，又小心挪着步子走到一个空位前，转身，慢慢坐下去，好像座椅上放有鸡蛋。坐定后，他把手提袋挽在手腕上，又放在两腿上，再用膝盖把拐杖紧紧夹住。忙完这些，他才抬起目光来，在车厢里扫视了一番，最后固定在车窗外。

工地上一片枯黄，几块补丁一样的菜地绿得耀眼。老人看得欣喜，婴儿般肥胖的脸上浮出笑意，连花白的眉毛都抖动起来。罗明心里也掠过一丝喜悦，随即又被一阵心痛淹没了。

10

在外人看来，文旅局是一个闲散部门。与诗和远方为伴，事情不多，是很多人羡慕的理想单位。实际上不是，每个单位都有忙不完的事，也总有那么几个忙碌的科室和人员，办公室是什么时候都不会闲下来的。

罗明上班比平时晚了十几分钟。他刚打开电脑，准备去接一杯开水，王小君就来了。"罗主任，张局让你去一趟。"

罗明有种发火的冲动。自己不就迟到三五分钟吗？而且，已经安排我去驻村了，难道还要榨尽最后一滴血汗才让走？哪个家里莫得一点事偶尔耽搁一下？何况，办公室加班加点比哪个部门都多，你们看不见？迟到一次，你们就看见了？火焰舔着罗明的喉咙，但他还是和着一口冷开水咽了下去。

"考虑得怎样？"

"我想好了，我愿意去驻村。"罗明试图推辞，但想起家里一堆乱七八糟的事情，他又打消了这个念头。

"好。让王小君来接替你，这周你多带带她。"

"好的。"

罗明两眼一圈黑，神色倦怠。张局长瞟了他一眼："工作要搞好，家庭也要照顾好啊。"

"晓得了，张局。"

"男人做事，要有曲有直，不能由着性子来。遇事要多换位思考。在单位要这样，在家里也要这样。不过，你也不要急，历练一番就好了。"

"谢谢张局。您还有什么指示？"

"下周送你到村上去。"

从张局长的办公室里出来，罗明收住心中狂纵的野马，很快处理了文件，又把办公室清理了一次。江山易主，虽说心有不舍，但罗明还是努力想给大家留下一个宠辱不惊的好印象。很快，王小君抱着一包东西来向他报到了，还谦虚地向他请教起来。快吃午饭的时候，王小君说请他吃午饭，感谢他的帮助，今后办公室还有很多事情向他请教。

王小君个头中等，身体微胖。正是这点儿小胖，再加上性格开朗，活脱脱一条捉不住的鱼，给单位同事留下很好的印象。罗明开玩笑说这不是胖，这是美丽在膨胀。虽然不是第一次听到这种话，但王小君觉得罗主任说话中听。王小君也是农村出来的大学生，比罗明晚到单位三年。得知罗明也是从农村来的，两人在心里就多了一些认同，几年来工作上也就多了许多默契与随和。

他欣然接受了邀请，但提出由他来请，她不同意，说什么也要表达自己的心意。

她订好的地方不远，罗明也熟悉。两人前后来到一家街边小饭馆。

"吃什么？"王小君把塑封的菜单往罗明面前一推。

"随便。"

"服务员，来一份随便。"王小君高声喊道。饭店里的客人愣了片刻，都笑了起来。年轻的服务员也笑了。

罗明也被逗笑了，觉得心里的烦恼一下子减轻了不少。"说实话，早饭都没有吃呢。"

"坏习惯，咋不吃呢？"

"嘿嘿……"

罗明索性点了一个大份肉丝炒饭，王小君要了一碗酸辣米粉。两人一边低声说话，一边狼吞虎咽。罗明转过身子，向老板抬了一下手。

"老板，舀点豆瓣来。"

"淡吗？"

"有点儿。"

王小君嘴里含着一大口米粉,停住了咀嚼,吃惊地看着罗明把一碟豆瓣全赶在盘子里,搅和几下就大口吃起来。

"吃得这么咸?"

"习惯了。"

"哦?"

午餐很快结束了,两人都惊诧于彼此没有拘束感。

"我今天付钱。"

"说好我请客的,不许耍赖。"

"好吧。"罗明稍有迟疑,就同意了,并不客气。

一年前,王小君的母亲生了一场重病,需要一大笔钱做手术,这对刚参加工作才三四年的王小君来说难以承受。虽说出院时可以报销一部分,但是眼下需要全额缴费啊,她急得不知如何是好。罗明知道后,建议王小君向亲友借一点钱,他再想办法帮她借一点儿钱。罗明又联系了王小君老家的驻村干部,希望能将其母亲纳入大病救助。如今,母亲已经康复出院,王小君很感激罗明。

吃完饭,两人往办公室走去,中途要经过一家生意不错的咖啡馆。

"下午上班还有半个小时。"王小君抬头看了一眼咖啡馆,又回头看了一眼罗明。

"不好吧?"

"你不要有啥想法哈。"

罗明语塞。

绕过一道屏风,王小君选了角落里一张卡座大大咧咧地坐了下来。很快,他们面前都摆放着一小盏冰糖和一杯深褐色的咖啡。王小君翘起小指,用一只小勺慢慢搅动咖啡,在开着冷气的屋子里,漩涡状的咖啡冒着热气,香气四溢。

罗明望了一眼王小君,又赶紧收回了目光。他把小碟里的冰糖全部倒进杯里,也学着她的样子慢慢搅动起来。他的喉头滑动着,暗自吞着口水。

王小君掩嘴而笑,罗明红了脸,连忙低下头喝了一口咖啡。可是咖啡很烫,他的嘴唇刚碰了一下,又猛地跳开了。手臂也本能地往外一推,杯里的咖啡洒到了桌上。

"别激动嘛,不就是跟美女在一起喝杯咖啡吗?"

"不好意思,让你见笑了。"罗明被她直爽开朗的性格感染,窘态也就消失了,"看着就好喝嘛。"

"那就多喝一杯。"

罗明几大口喝完了杯中的咖啡。王小君见状,也学着大口大口地喝起咖啡,就像刚才在饭桌上喝汤一样,完全放弃了淑女姿态。

因为王小君,罗明有了半天短暂的欢乐。

回到家里已经很晚了,素芳和女儿并没有理他。她们正在看动画片。他的饭菜留在茶几一边。罗明坐在旁边大口吃饭,和他们一起看电视。

当光头强砍树被熊大、熊二捉弄得团团转时,女儿大笑起来，素芳跟着女儿笑了，罗明也陪着大笑起来。素芳斜了他一眼，赶紧收住了笑容。罗明假装笑得更开心了。

见爸爸加入，女儿更加高兴。

"爸爸，今晚又回来晚了。"

怎么是"又"呢？"爸爸有事。"

"什么事？"

"工作上的事儿。"

素芳站起身来，把灰白色披肩往上弄了弄，趿着拖鞋向卧室走去。客厅里只剩下父女俩，女儿在换台。

"你爸爸喜欢你吗？"女儿偏过头来问道。

罗明举起碗，正要将最后几粒米刨进嘴里。他怔住了，饭碗半天落不下来。

"你喜欢你爸爸吗？"

"喜欢。"罗明的声音很轻。

"你喜欢他吗？"

小精灵又问道。但她的目光没有离开电视机屏幕。

罗明不知道如何回答女儿。无论怎么回答，他都觉得自己是在欺骗女儿。隔了好久，他才说："喜欢。"

素芳过来抱起女儿，在她胖嘟嘟的脸上使劲儿亲了几下，两眼放光。

"女儿真棒。我们洗脸洗脚睡觉了。"

洗完碗筷，罗明关了灯，孤坐在黑暗里。

苦

11

  素芳心里不高兴,依照罗明的脾性,他去帮扶驻村等于把整个家都推给她扛着。苦累并不怕,她担心的是他的个性,不知道会在村里闹出什么事情来。罗明的面子思想重,但她还是觉得应该提醒他。
  "这件事情就该做。"
  "可总得有个方法吧?"
  "我管不了那么多。"
  "提出规划是好事,但大家都没有去推行的意思,你强推硬上,他们对你没有意见吗?他们能不把你推到前面去吗?"
  "我管不了那么多。"
  "罗明啊罗明,你不是孩子了,难道一点儿不懂人情世故吗？你啊，不仅固执，而且幼稚。"

素芳摇了摇头，懒得再争。她知道，现在罗明被自己的情绪迷住了心窍，跟他说不清楚。他经历的事情太少，吃点儿苦头也好。

阳台上的吊兰被聒噪得难受，轻轻摆着头，碧绿的尖叶闪着莹莹的光。吵架的声音越大，它摆动的幅度就越大。

单位派车把罗明送到村上后，老刘让司机等他，他要跟车回去。他早就做好了交接准备，麻利地从抽屉里拽出两张打印纸来，上面密密麻麻记着一长串物品名称，又和罗明照着单子一项一项地清点。客观地说，他这几年的工作做得不错。但是，人在不同的时候会有不同的想法，外人不好评头论足。正如菲茨杰拉德在《了不起的盖茨比》的开头所说："每逢你想要批评任何人的时候，你就记住，这个世界上所有的人，并不是个个都有过你拥有的那些优越条件。"老刘的想法或许没有错，他只想回单位，然后休假，到老婆孩子身边去。

村支书刘德新强留两人吃过午饭后，老刘拎起包就走。一群人从屋里赶出来打招呼时，车子已经驶出村委会院子。罗明怔怔地站在门口，看着山风在院子里裹着落叶时紧时慢地打着旋儿。

晚上，村支书刘德新请罗明到家里吃饭，说是为他接风。罗明有些紧张，他是第一次作为主宾被请去吃饭，到时肯定要让他说几句。他在手机上搜索了一些"敬酒辞"，保存在手机里。路上，他还默诵了好几遍。

村里其他干部都来了,满满一屋子粗糙笑语,满满一屋子蓝色烟雾。罗明被推到主宾位置上落座后,村支书刘德新执壶斟酒。罗明再三推辞,说自己不会喝酒。

"不管怎么说,头三杯酒肯定要喝。"大家都劝他。罗明见众意实在难违,只好接下第一杯酒。

"第一杯酒,我提议,我们一起敬罗书记。过去有篇文章叫《组织部来了一个年轻人》,今天我们大田村也来了一个年轻人。我相信,两个年轻人,会干得一样好,村里的工作一定会再上新台阶。"

说毕,刘书记一仰头,将杯中酒倒进了嘴里。众人依样学样,将自己杯中酒都喝得一干二净了。罗明浅下了一口,就皱起了眉头。

"罗书记,这样可不行啊。喝了这杯酒,你才真正算是我们村的人啊。"

罗明知道,多说无益,只好一扬脖子干了。那酒,一入口就唇舌麻木,毫无知觉,接着便火烧连营,直捣肠胃。三杯下肚,罗明有些晕乎,全身发热,脸皮紧绷似鼓面。罗明连连摆手:"各位,这酒度——度数太高,我实在喝——喝不了。"

"现在喝酒也不兴劝。这样吧,我们三杯你一杯。行不?"

罗明苦笑。

当地人爱喝本地产的小酢酒,也叫原度酒,62度,要是卖的话,还要加水勾兑一下才能出售,不然度数太高了。这是一种纯粮酒,几乎家家都有一大塑料桶存放着。

和罗明不一样，村干部们像多年没有见面的老友，豪爽地互相干起杯来。罗明只顾吃菜吃饭压胃。酒过三巡，菜过五味，罗明不敢再等下去，他怕自己忘记了"敬酒辞"。要过酒壶，他站起来向大家敬酒，众人停止吵闹，放下酒杯和筷子，听他说话。

"我给大家斟——斟三杯酒。"

他从左边的村支书刘德新开始，顺时针转圈，然后回到自己右边的村主任刘显强。最后，他给自己倒了一满杯。

"第一杯，感——感谢大家接纳我，不——不拿我罗明当外人……请。"话音未落，他便仰头干了杯中酒。

接着，他又开始给大家敬第二杯酒。坐在下首的三社社长刘显能连忙起身接过酒壶，帮他给大家斟满。

"第二杯，我要向村两委和——和全村百姓表——表个态。以村为家，助——助推大田村振兴发展。"

众人一个"干"字出口，都仰头喝了。

"吃菜，吃点菜，莫整这么急。"看罗明已现醉态，村支书赶紧拦住。

几箸菜下肚，罗明说自己要敬大家最后一杯酒。此时他已头昏脑涨，胃里如同火烧，两腮发烫却又有丝丝凉意，像是感冒发烧一样，把事先准备好的"敬酒辞"忘得一干二净。他觉得屋里的一切都晃动起来，一群人有说有笑，声音听起来却很遥远。

"我——我罗明是——是一个直性子，今——今后'三减'

'三健'工作还要大家多——多支持……"

"莫整那些虚头巴脑的东西,多给老百姓整点钱——钱才是硬道理……"三社长刘显能喝得满脸通红,口舌似乎也不太利落了。

有人阻止刘显能,但他好像声音更高了。罗明听不清,像耳聋了一样,但他心里有气,站在那里摇摇晃晃的,杯里的酒都洒到了地上。

"除了钱——你——你眼里还有——什么?老——老百姓的生——生命健康——不比钱贵重……"罗明已经口齿不清了,他自己也不知道说了些什么,只记得耳畔一阵吵闹声。

第二天早上醒来,罗明发现自己睡在一间陌生的屋子里,一张猩红的被子散发着淡淡的棉布和洗衣粉味道,他发现自己躺在一张席梦思大床上。青色窗帘上印有垂柳小船图案,天花板上倒扣着一个圆盒形的灯,地板铺着乳白色的瓷砖,显得十分干净。

楼下,有拖鞋擦过地板的声音,有人把几大把粮食抛洒在地上,接着一群鸡欢快地啄食。他突然想起昨晚喝酒的事来,心里豁然明白了八九分。他还隐约记得,好像还跟什么人争吵过什么,至于具体是怎么回事,他头晕得厉害,实在是记不起来了。罗明摸索着起床,来到楼下,有人在厨房里忙碌。村支书刘德新披着一件皮草夹克,穿着一双青色的布拖鞋,正要清扫院子。门口的空纸箱里还有一些昨晚吃饭喝酒用过的纸碗纸杯。

"再睡一会儿吧，还早。"他直起腰来，看见罗明站在门口。

"昨晚整多了。"罗明用手指梳理着自己凌乱的头发。他口干舌燥，眼睛发涩。

"你没有喝多少。"

"怎么结束的，我记不清了。"罗明又说。

"嗨，你管他那么多干什么？他那人就那样，几杯酒下肚，就认不到五阴六阳了。过后，又啥事没有。"

罗明心中一惊。看来，昨晚真的与人吵架了？酗酒误事啊，驻村第一天就闹出了这么一个笑话，真是丢人啊。罗明的酒醒了大半。

"你说的计划，不是别出心裁搞花架子，是真心实意为老百姓好。"刘德新又说，"我一定要把它推行好，再难也莫得考大学难吧。"

罗明点了点头，暗下决心。

12

村委会在一处山坳里，小地名叫大田湾。这里原来仅有一个社的人口和土地，人们把房屋修在山坳周边的山脚下，中间的大坝全部用作耕地。以前，大部队并不在这里，还有更多的人住在山腰上面。慢慢地，大田湾里的人开始搬到镇上，山上的人搬到了大田湾，村委会也就跟着迁到了大田湾。

回到村委会，罗明坐在办公室里翻看文件和通知，没有需要立马做的事情。外面静悄悄地，偶尔有母鸡下蛋了咯咯叫，有人大声轰狗。那些声音尖细炸耳，很快就消失在微凉的蓝色空气中之后，村子里更加寂静。罗明在院子里走了一圈，没有看到一个人。孩子们到镇上上学去了，年轻人在外面务工，村里只有为数不多的老年人。

罗明从铁皮柜子里又搬出贫困户档案翻看，哪家姓甚名谁，有几口人，每个人在干什么，收入如何……他一项一项地记在笔记本上。头脑里逐渐呈现出一些画面，这家人的房子建起来了，那家的老人病好了，还有一个孩子正坐在教室听老师讲课，又有一位年轻的姑娘在城里打工。精准扶贫后，大家的日子过得都不错，大山里一派平安祥和的气象。

但是，罗明很快就发现，很多贫困户都是因病致贫的。他重新查阅了一些档案，不少档案中人口信息表某某人那一栏的后面有新的标注：已于某年某月某日死亡。

罗明的心情沉重起来，脑海里那只白鹤又慢悠悠地飞起来了。母亲不在了，她永远离开了……如果父亲是贫困户，他的档案袋也会多出这样一张证明材料吧？他心里难受，不觉泪眼汪汪。

村医刘能元走进楼道的时候，罗明没有发现。这个壮实的中年汉子被眼前的情景吓了一大跳，急忙退出去。不一会儿，门外才传来了他响亮的脚步声。罗明抬起头来，睫毛上沾着细碎的泪花。

"你咋来了？"罗明看见他走进来，摩托车的钥匙套在他右手食指上，一抖一抖地转着圈。

"我来取点药，顺便上来看看。"刘能元说。

"不好意思，昨晚喝得有点高。让你们见笑了。"

"哪里，哪里。刘显能，人不坏，就是说话管不住嘴。要不是喝酒误事，他早当村主任了。"

罗明说："你来得正好，我刚才翻了一些档案资料，发现原来很多贫困户是因病致贫的，而且绝大部分与'三高'有关。现在又有好几家人口减少了，去世的人大多是心脑血管方面的疾病。这会不会是以后因病返贫的潜在隐患呢？我觉得，推进减盐减脂减糖'三减''三建'规划迫在眉睫，应该尽快实施。"

"罗书记，你说得有道理，想得也远。我行医四十多年了，这种情况遇得多。"他一口气说出了村里七八位死者的名字。

刘能元说，半个月前，他岳父过生。白天，一家人都很高兴，晚上，家里人就发现岳父睡在那里不停地颤动，喊他也不答应，过了一会儿就安静了，大家都以为他没有事了。哪知，第二天早上起床才发现，老人还是喊不答应，就赶紧往医院里送，已经来不及了。他有高血压，那天过生一激动，脑出血。哎，多好的一个老人啊，就这么没了。

"他们当时也没有给我打电话说这个情况。"刘能元痛苦地低下了头。

这和母亲去世的情形多么相似啊。

"这种情况太多了。"刘能元两眼含泪。

罗明不敢相信自己的耳朵。虽然他查阅了一些资料,但那些白纸黑字还是不如刘能元声情并茂的讲述令人震撼。

"你还不信哟。"刘能元左手一指,"宁水镇,就是山那边一个镇,精准扶贫期间办残疾证,一次就办了一百多个,其中大部分是中风引起的偏瘫。中风咋来的?'三高'引起的。"刘能元又扬了一下左手。

"今天你不说,我还真不晓得有这么严重。"

"省上提出'三减''三健'是有道理的,可惜下面重视不够。"

听他这么一说,罗明觉得自己的想法是对的,在心里更加坚定了自己的想法。

"刚好你一个人在,我正想跟你说说这个规划。"

罗明把椅子往前挪了挪。

"我一百个同意。但面临的问题也多,你要有充分的思想准备。一是老百姓观念上不理解,二是干部思想上不主动。"

"是。"

"老百姓不理解,主要是多年来养成的生活观念根深蒂固。比如,吃腌菜、泡菜和腊肉,大家觉得这是饮食习惯,也是饮食特色,很少想过它的危害。还有,老年人味觉退化,口里没味道,油盐吃得重也是自然而然的事。"

"是啊。"

"油盐一多,就容易形成高血压高血脂,紧接着也会产生高血糖。只要出现一项,如果不加以控制,其他问题跟着就来了。"

"你说得对。"这些问题罗明已经不陌生了。

"还有,现在生活好了,家家户户,一日三餐,基本都是大鱼大肉。你看,村委会边上那地菜,是杨三娃子屋里的,白菜萝卜长得么好,他们很少去整来吃。吃的尽是白米细面、鸡鸭鱼肉。红白喜事办酒席就更不用说了,除了两三个素菜,其余的全是鸡鸭鱼肉。"

"就是啊。"

"我们家吃得清淡,我是医生,晓得当中的利害关系。为这个习惯,得罪了不少亲戚朋友,觉得我们小气,舍不得让他们吃饱吃好。你解释吧,他们还不信。现在家里来了亲戚朋友,我们就要特意加重油盐味。为人处世难啊。"

"哦。"

"干部这块也存在问题。精准扶贫结束后,到乡村振兴有五年的过渡期,一些干部有种歇口气、松把劲儿的想法,不想添麻烦。"

"是有这种可能。"

"不是可能,实际上大多数干部就是有这样的想法。嘴巴上说支持,心里呢?"刘能元使劲儿地摇了摇头。

罗明频频点头,心情像脑袋一样沉重。

13

村委会有一种怪怪的气氛让罗明心里不安。村社干部表面上对他客气,实则看不起他,三社社长刘显能说他话都说不利索,能有多大的本事。村民对他也不信任,总觉得这个年轻人尽搞一些摸不着看不见的东西,不如以前的老刘书记成熟稳重。考虑再三,罗明特意央请电影公司到村上来放一场电影,想借此联络一下和村民的感情,缓和一下尴尬气氛。

小时候,只要村里放电影,母亲总是早早地从地里回来煮饭吃,再紧要的活儿都会扔下不管。他和妹妹不再东逛西耍,早早地回家。他俩紧紧地跟着母亲,生怕稍不注意母亲不带他们去。母亲安排给他们的家务活,他们也乐意干,而且干得非常漂亮。一般在人口多住户密集的大院子里放电影,平时院里狗多,罗明他们不敢去,只有趁着放电影的机会人来得多了才敢去。人仗人势,那天晚上再厉害的狗也会跑得远远的,只有胆子大一些的,才会悄无声息地躲在人群里,绝不出声,更不敢下口咬人。母亲早早地来到一户人家里闲聊上,看电影的时候,主人家会主动搬出板凳到院坝里让母亲坐。放映不久,他们就睡着了。电影结束后,母亲又拍又叫把两人弄醒。院子里乱哄哄地响起一片,骂孩子的、孩子哭的、大声道别的……各种声音混杂在一起,就像热闹的集市。有些年轻人还轻狂地吼着刚刚学来的电影主题曲。慢慢地,声音的亮光向四面八方延伸出去，渐渐消失在黑暗里。

罗明回忆着儿时的场景，想象着大田村这场电影能那样把大家聚在一起。

放映车上下来四个人，简单交谈后，他们开始搬东西、架荧幕，又将一根长长的黄色电线扯到办公室里接上电，开机播放音乐，等村民围上来。

天一黑，吹起了凉风，罗明找了一件外套披上。不一会儿，天上又飘起小雨，工作人员冷得直哆嗦。罗明拍了几张照片发在大田村微信群里，希望大家来看电影，但没有人回复。他又给村社干部发了短信，请速组织大家看电影，也没有人理他。过了好一会儿，三社社长刘显能回复了："太冷，不来了。"

"文化活动需要大家积极参与支持。"

"全是一帮老家伙。是哪个来背？还是开车来接？感冒了谁负责？"

罗明气不打一处来。他翻出刘显能的电话，想质问他一个党员干部就是这样的工作态度？但他忍了。

"罗书记，开始吧。不等了。"放映员说。

"人还没有来齐。"

"不得来了。这种情况我们见得多。早点放完，我们早点回去。"

电影放映了好一会儿，住在村委会附近的两个老人才穿着羽绒服出来了。三个观众，四名工作人员，七个人孤零零地坐在寒风细雨里。罗明一肚子气,直到散场了都不知道放的什么电影。和工作人员挥手告别时,他还问:"今晚放的啥子电影?"

"你没有看?"

"看了。"

"看了不晓得?"

坐在右侧驾驶室里的工作人员撇过头,就把窗子摇上去了。

第二天上午,罗明看到三三两两来到村委会的干部和党员群众,心里一阵慌乱,坐在椅子上浑身打抖。村支书经过他身边的时候,轻轻地拍了拍他的肩膀。他似乎受到一些鼓励,慢慢镇静下来。管它呢,总算是开了头嘛,也是好事。

罗明争取召开的村委扩大会议如期举行,重点是讨论过渡时期的工作规划如何实施。罗明就文件内容进行了详细学习和解读。

"熟悉教育、医疗、住房和安全饮水等方面的衔接政策,对照本村实际逐一排查存在的问题,对该享受政策但没享受政策的及时报乡、县解决。"罗明边领学边解读,"我们大田村要依托'健康医疗保障衔接政策'做好'三减''三健'工作。"

他的话刚落,有人提出,这个提议属于"自选动作",上级没有硬性规定,村上最初的规划里也没有,可以暂不实行,等到条件成熟了再来实行。

罗明解释说,自己查阅了档案,走访了农户,了解到了一些情况。大田村在家的老人有48人，36人有心脑血管方面的疾病。其中，有20多户人就是因为家里有中风、心脏病或血管瘤等被评为贫困户的。不仅老年人，就是现在的中年人、青年人，包括今天在座的，不少人就有高血压、糖尿病，或者是血脂高、血糖高、尿酸高。如果不及时推行这个规划，任其发展下去，后果不敢想象。

"几千年养成的老习惯了，不好整。"

"我们就是要倡导一种健康生活理念，想办法慢慢改变他们的不良生活习惯。"罗明肚子里沉着一股气，努力把话说流利一些。

"难啊。你说提倡多吃新鲜肉、蛋和蔬菜，在城市里容易办到，在农村就难了，就连蔬菜都不能保证一年四季都有，每年的四五月份、八九月份，都会青黄不接。"

"就是。老百姓哪家没有泡菜缸、腌菜缸？哪家不做豆瓣、熏腊肉？这些都要靠盐才能保存得久，盐少了不得行。要酸，要臭，要生花。"

"还有一点，老百姓认为吃得是福，是自己的衣禄，不吃，死了划不着。"

"另外，怎么考评？难道每家每户做饭炒菜的时候，喊村社干部挨家挨户去看？那人手也不够啊！"

"莫说那么多，不整就是了。村社干部不是他爹他娘，更不是他儿他女，管不到那么多。"听大家说了一大堆困难，三社社长刘显能也气冲冲地说。

罗明心里有些火气，但他还是深深地吸了一口气，语调平和地说："这个事情难度大。一是本身的困难多，二是我们没有搞过。不过话又说回来，如果真的放手去搞一下，也许没有那么多困难。当初，摸索乡村道德银行时，不是一样没有经验吗？现在不是全国都在学习推广吗？我们能不能再下一次大决心，率先探索一下？"

会议室一片寂静，无人答话。

14

罗明觉得这半个月的日子过得淡而无味的，浑身上下没有一点儿力气，胃口也不是很好。上次会议议而不决，这段时间他也没有想出好的办法来。

早上六点刚过，罗明就起床穿好了衣服，心中依然忐忑不安，在房间里走来走去。月末，可以回家了，他已经二十多天没有见到孩子了。昨晚，他已经给村支书和村主任报备，也给分管副镇长报告了情况。

窗外，亮光一圈一圈地从山边升进来，栎树开始是一大团墨块，慢慢变成了疏离的扫把。他还在犹豫自己是不是要回家。说实话，驻村这段时间，是他一年多来过得最清闲的日子，他已经快要忘记家里那些烦心事了。

但他想孩子。

想到女儿，他心里就有种奇怪的感觉，自己像被什么捆住了手脚，有拉扯不掉的束缚感。他承认，在女儿面前，自己内心那股反抗的力量并不强大。

回家。潜意识告诉他，无论从哪个角度说，回家都是最好的选择。驻村后，这是他第一次回家，他还没有正式给单位做过汇报呢。他不敢再犹豫，如果不赶紧走出房门，心中萌生的纠结又会缠上自己。他猛地拉开门，一步踏出门外，顺手重重带上门，返身又推了一下。他没给自己留退路。

晓色迷蒙，院子里的铁门还没有打开。门栏上，铜链金色的光芒隐约可见。公路对面的老人刘能才起床了，在院子里踱步。他请罗明过去坐坐，车子还要一会儿才来。他女人从屋里端出一条板凳来，随即又吼了他一嗓子，要他去找一件衣服穿上，早晚凉，不能整感冒了，语速快得没有一个标点符号。

罗明沿着公路来回走着，不时抬头向公路的转弯处望去。他精神状态不佳，昨晚没有睡好。灰白色的水泥公路直冲出去，被深褐色的栎树林迎面拦住，转过一个弯消失了。终于，他看到从林子深处射来一团淡黄色的光芒，像一缕阳光恰好照在公路转弯处。眨眼之间，那辆黄色的农村客运车就停在罗明的身边。不等他坐稳，它又跑起来了，忙得喘口气的时间都没有。它跑跑停停，乘客陆续上车。有的人站在公路边坐着抽烟，看见车来早早站起身来；有的人在车停下后，突然转身冲进屋里，拿上一件东西再返回来；有的人还在床上睡大觉，司机又喊又打电话，还不停地按喇叭，嘴里骂出声来。

车子里坐满了人，飞快地穿行在色彩瑰丽的栎树林里。青灰色的水泥公路在青青黄黄的山体上划过一道清晰的痕迹,离天边越近越狭窄。翻过一座大山,那条痕迹细得像一根线,软塌塌地搭在更远的一座山头上。

罗明在这条山路上来来去去很多回,早已烂熟。他知道盘旋下山后,就到了镇上。坐上大班车,路面平整多了,他想睡一会儿,可脑子里一团糨糊睡不着。

素芳没在家,女儿还在幼儿园。屋里干净整洁,温馨甜美的气息中有一丝冷清。站在阳台上看出去,远处林立的高楼闪着银光,天空一片蔚蓝,太阳放射出无数银针,深深浅浅地扎在这片久违而又熟悉的城市里。窗台上的花草并未枯黄,绿意葱茏,展现出十足的生机。看来,素芳帮他照顾得很好。她知道罗明的喜好。

花草占用了阳台大部分空间,三角梅的两根枝条,拇指一样粗细,一米多长。他把枝条弯曲成圆圈,再用绳子扎起来,新发出来的嫩枝围着圆圈向上生长。等到开花的时候,看上去像一簇燃烧的火焰。火焰的旁边放置了一张小茶几,旁边还有一张躺椅。下班回来,他喜欢沏一杯茶,抱一本书闲坐在那里翻看。

书里古代士大夫家庭生活场景,经常从字里行间跳出来,在他脑袋中闪现。先是"千金散尽还复来"的年少意气,又是"采菊东篱下,悠然见南山"的散淡恬适。后来具体到房屋布局,繁花似锦的后花园,曲径通幽的小路,优雅别致的书房,还有荷叶甜甜的池塘。最后是幸福美满的家庭生活,父母健在，妻贤子孝。他梦想过上一种古代员外一般的生活。他只好在阳台上想办法，用简单的花草设置出别样的氛围来。他戏谑，这是一种修辞，也是田园生活的一种大写意。

15

罗明认识素芳是考入市文旅局不久，那时他租住了城郊接合部一间民房。白天上班，下班后就蜗居在小屋里。一日三餐，除了简单做点儿米饭炒一个青菜外，有时也到楼下去吃一碗面条或米线，日子过得寡淡，但没有忧愁。

有一次，他写的一份讲话材料受到了领导的口头表扬。下班后，他回房间放下提包，准备下楼去吃一碗牛肉拉面奖励自己。他心里高兴，三步并作两步，顺着楼梯往下跳。当他飞身落在三楼拐弯处时，差点儿和一下子冒出来的黑影相撞。他赶紧用力拉住栏杆，但身子稳不住，还是往前窜出了好大一截，又竹竿似的晃了几下。那个黑影被突如其来的袭击吓得尖叫起来，手提袋都掉到了地上。

他不断地道歉，她也不断地客气着。慢慢地，罗明才看清，那是一位留着齐耳短发的姑娘，穿着一身藏青色职业装。那衣服收了腰，恰好凸显了她修颀的身材。脸白如鹅蛋，在黑暗里格外明亮。

四目相视，楼道里瞬间安静下来。回过神来，两人赶紧错身而过，一上一下各自走了。走出三两步，罗明向上看了一眼,那个姑娘正好也在向下看他。四目再次相撞,撞出两张灿烂的笑脸。

以后几天,罗明脑海里反复出现相遇的情景。从她的装束来看,应该是哪个商店的服务员或者哪个公司的业务员吧。想得多了久了,他就觉得,那天所有的事情都是天意,包括领导表扬、出门吃饭、走路的方式,以及相遇的种种情形,都是命中注定的安排。他慢慢有了主意,经常到附近闲逛,上下楼的次数也多了,晚饭前的那个时刻是雷打不动的。他在门上贴了一副耳目,楼道里有高跟鞋脚步声时,他就一下子紧张起来,轻手轻脚地把耳朵贴在门板上仔细聆听,认真辨别落在楼道上的疲惫步态。那声音一下一下地敲打在他的心上,他激动得全身发抖,但不敢开门。第一次对一个陌生的姑娘有了这种陌生的感觉,让他欣喜而又害怕。他就这样痴迷地想着那个姑娘,觉得她像自己读过的唐诗宋词,若隐若现记不全,却又萦绕在脑海里挥之不去。

那天下班稍晚,他有些饿了,照常到一家小餐馆里临街的位置坐下来,一边吃饭一边翻看手机,不时抬头看看余晖里的街景。金色的光芒射到对面一座高楼的玻璃窗上,又折射过来,照亮了半边马路,使它活像一个金子熔化了的大池子,来往的车辆和行人都镀上一层金色。女人们穿行在金池里,头发便似着了火,左跳右突地燃烧着,等到走进阴影里,又倏地熄灭了。

不一会儿,夕阳将白天最后的光芒挥洒出来,金色里又多了一成耀眼的白光。他只得不时低下头，以避开刺眼的光线。就在他再次抬头时，那团光影里闯进了一个熟悉的身影。还是那身藏青色的职业装和那副苗条的身材。她走得快，黄白两种混合光打在身上，使她越发俏丽，活力四射。

他使劲儿敲了敲巨大的玻璃窗，但玻璃太厚，声音轻得连他自己都听不清。他急忙站起身来，椅子被弹开撞上了后面的桌子。人们被巨大的响声惊动了，抬头注视着这个冒失鬼冲出门。

那个姑娘已经走出了那片阳光。他快步赶上去，大胆地拍了一下她的肩。她吓了一跳，撇过一脸问号。

"你还记得我吗？"

她摇了摇头，又瞪了一下眼睛，目光里充满探寻。

"北山路16号，三楼楼道里，我下楼……"他结结巴巴。

她向上翻了一下眼睛，长长的睫毛，清澈的眼珠，天空一片明亮光洁。片刻，她叫了一声："哦，是你啊。"

"是我。你还没有吃饭吧？"

她笑了一下，嘴角向上轻轻一拉，一个浅浅的酒窝浮现在红润的脸上。

"一起吃吧？"他伸手指向灯光温馨的餐厅。见她犹豫，他又说道："我没有别的意思。"

她迟疑了片刻，笑了："好——吧。"

再次回到餐厅，里面一片波光潋滟，欢快的光波在罗明心里闪烁不停。

16

门锁响动了一下,罗明从思绪中脱离出来,站起身向大门走去。

素芳穿着一件玫瑰红薄款风衣,里面是一件黑色的高领薄毛衣,挎着一个单肩小皮包。进屋后,她拎着菜的手随即将门关上,又撩了一下脸上的头发,一脸疲惫。低头脱鞋的时候,地上多出的一双污黑的运动鞋,使她猛然抬起头向客厅看过去,目光稳稳地落在阳台上。光线明晃晃的,她眯了双眼,看见罗明从阳台那边向自己走过来。

罗明接过菜,放到厨房里。素芳没有说话,罗明也没有说话,从罗明驻村那次争吵到现在,两人一直闹着别扭。素芳去做饭,罗明凑过去帮忙洗菜。素芳煲好米饭,又从冰箱里取出一袋熟食蒸上。两人各自忙碌着,还是没有说话。天花板上的LED灯发出冷冷的光,把厨房照得透亮。锅里的热气冒起来,厨房里就有一层淡淡的水汽,有一种温柔的气氛。两人各自忙碌着,不时挨擦着对方的身体。

"一个人在村上要多注意身体。"

"晓得。进出把门锁好。"

"放心吧。"她语气肯定。

"女儿什么时候放学?"

"我们一起去接。"

"抽空给爸打个电话。他每次打电话都在问你。"

吃饭的时候,素芳把热好的板鸭端到桌上,说是他们部门一个同事出差给大家带来的,每人一份。她撕了一只腿递给罗明。罗明咬了一口,便吐了出来。素芳惊诧地看着他。

"好咸,苦咸。"

怎么会呢?她也撕了一块放到嘴里,随即哆嗦了一下,像是突然吹来了一阵冷风,很快便吐了出来。

"是,咸得冰冷。"

两人都疑惑,要说怕食物变质多放一点盐,是可以理解的。但也不至于放这么多盐吧?自从得知母亲去世的病因后,一家人对吃盐吃肉格外注意。

板鸭不能吃了,他们只能吃一些素菜。素芳有些过意不去。"我专门给你留的。"

"没事,倒了吧。"

素芳觉得扔了可惜,把鸭子撕了,用清水煮了两遍,又泡了很长时间,把盐分透掉了一些。素芳买了一袋调料回来,打算做老鸭汤。

吃晚饭的时候,罗明见桌上又有鸭子,便皱了一下眉头。

"我不是说,把它倒了吗?"

"我处理了一下,还能吃嘛。"

"你尝尝,还是这么咸。"

"我重新给你炒个菜。"素芳把老鸭汤倒进了垃圾桶。

"不用了。"罗明心软了,但他的舌头像冬天的劣质皮衣一样僵硬。

原本融洽的晚餐,就这样不欢而散了。罗明感到跟素芳刚拉近的距离又疏远了一些。究其原因,还是自己的脾气不好,经常管不住自己的情绪。就在刚才,他原本也想好好跟素芳说话的,但话一出口又变成了抽打人的荆条。他想帮妻子收拾一下碗筷,努力了几次都没有站起身来,只觉得浑身无力无法动弹。素芳在厨房里收拾着碗筷,她孤单而忙碌的背影让人心疼。罗明擦拭了一下湿润的眼睛,仍然坐着未动。

两人靠在沙发上陪着孩子看动画片时,家里才又有了一些温馨幸福的气息。

"抽空回老家去看看父亲。"素芳面色有些凄然。

罗明吃了一惊:"你说好几遍了,他有啥事?"

"没事我们也该回去看看,他肯定感到孤单。再说,娘在世的时候,他们就吃得咸,也该提醒他一下了。"素芳态度有些坚持了。

"哦。"罗明紧张的身体慢慢松弛下来。

"我觉得该回去看看。"见罗明没有吭气,素芳继续说道,"我们要理解他。"

"我就是不理解。你说,他是医生,难道不知道盐吃多了不好?"罗明把手机扔在了沙发上。

"可能他也有难处吧。说句不敬的话,娘她老人家不是一个听得进劝的人啊。"见罗明不说话,她又说道,"你一天事多人多混着,不会有这种感觉。没有你在家里,我都感觉空荡荡的。"

17

看着罗明坐在对面的沙发上手足无措的样子,张局长觉得又好笑又好气,心里暗道:罗明啊罗明,你可真是个书呆子啊。这点事情就把你难倒了?

"你平时都看什么书啊?"

张局长的问话让罗明一头雾水。"文学作品看得多。"

"看书有讲究,一个人应该同时看几种书。休息的时候,看看小说是可以的,但也要看一些业务方面的书。你现在是驻村第一书记,还要多看一些农村风俗和基层管理的书。"

罗明两眼发直,他没有想到张局长会有这番言论。

"你刚才说的那些情况,书上早有办法,只是你没有读到罢了。管理心理学认为:人们认知事物的心理过程有一个规律,总结起来就是:回避、拒绝、迁就、协调、妥协。"张局长继续说道,"'三减''三健'是个新事物,大家认识这个新事物也要经历这个过程。现在就是回避、拒绝阶段……"

从单位汇报工作出来,罗明心里充满了阳光。在公交车上与那位老人又一次相遇了。天气微凉,老人穿上了粗线毛衣,外面套了一件黑呢子风衣。车厢里人多,又关了窗户,有些闷热,老人解开纽扣敞着怀,但他干枯的身体还是冒着热气,看起来面色红润,年轻了一大截。他还是习惯把手提袋挽在手上,再把拐杖夹在膝盖之间,像一个规规矩矩的小学生坐在那里。他手中的塑料口袋多了带泥的白菜、弯曲而细长的茄子，还有一把空心菜。他目光散漫地在车厢里扫描了一番，很快又停留在窗外。

过了好几站，罗明才等到一个空位在老人的对面坐下来。老人飘忽不定的目光像一阵暖风在他的脸上扫来扫去。

罗明笑了一下，老人热气腾腾的脸上瞬间拧成一团花。他抬起头，四处扫描。当和罗明的目光再次相对时，两人都笑了。老人扬起脸来，用下巴向窗外指了指。

"自己种的。"

"土地不是政府征收了吗？"

"是征收了。但还没有来得及开发。闲着也是闲着，就种了一些菜。"

从明净的封闭玻璃窗望出去，远处有一个黄色施工塔吊从一排树梢上冒出来，高高地伸向天空，钢铁长臂上辉映着晚霞的余晖。

老人的眼睛里饱含着泪水，余晖映射在泪珠上，闪耀着一丝金光。他从拐杖上抽出一只手来，横着手背在眼睛上抹了一下，那丝金光便消失了。

"以前，到处都是金灿灿的，太阳一照，晃得人眼睛都睁不开……"老人沉浸在一片灿烂的旧时光里。

车子冲进桥洞，把风拉扯得呲呲作响。罗明听不清老人在嘀咕什么。驶过桥下，车厢里一下子明亮起来，鲜亮的夕阳稀释了两人的谈兴。又过了两站，老人放下手提袋，把拐棍夹在腋下，车一靠站，他便试图站起来下车。他的身子摇晃了两下，罗明赶紧伸手扶住他下车。老人顺出拐棍，指点了一下路边的楼房。

那幢楼房大约七八层，淡粉色的外墙漆已经脱落，防护栏的钢筋已经锈黑，阳台上稀疏地种着花，或晾晒着衣物，有的还堆放着破旧的纸箱、烤火炉、家具。

"这房子已经十年了。当时是蔬菜队的拆迁安置房。"老人说，"上去坐坐吧。"

"不打扰了。"

"啥子打扰了。坐一下。"

老人的单元房朝东，一股霉味推门而出。客厅里家具不多，一张实木圆桌上覆盖着一层灰尘，摆着电饭煲、青菜，还有一个塑料盆，桌下放着半袋米。看那景象，应该好久都没有用过桌子吃饭了。一张红色实木沙发上铺着三张海绵垫子，因为长期坐在同一个位置上，靠近窗户的那块，中间已经凹下去，四角上翘，像一张急火烤出来的锅盔。茶几的一边放着一箱纯牛奶，还有一盒柿子饼。

老人把罗明让到沙发上，又用拐杖将那盒饼勾过来，要罗明尝一个。罗明摆手。

"今年过年，娃儿们回来买的。"

"他们都在外面？"

"我就一个儿子，在西安工作安家了。"

"阿姨呢？"

"你问老婆子啊？走了，走好几年了。"

罗明心里泛起一阵难受，父亲可能和这个老人相似吧。从屋里的陈设和气息来看，长时间寂寞浸润，曾经有过的欢声笑语已经消失殆尽。

"平时给你打电话多吧？"

"多。"老人的话音铿锵，刚才还因喜色而布满皱纹的脸，倏地沉了一下。罗明的心也随之沉了下来。

"我看你经常坐这趟车，你在哪个地方上班？"

"文旅局。现在驻村。"

"现在农村变化大。过去，我们这一片是红光大队，后来是蔬菜队。"老人抬手画了一个大圈。如果延长出去，那个大圈一定会把他自己和罗明包括进去，把这幢房子包括进去，甚至把整个城西城北都包括进去。这座城市最初的疆域仅限于河南边儿的老城区。

"大。我们村上变化也大。"

罗明的到来，让一台老柴油机慢慢发动起来了。加上恰心的聊天，老机器像被彻底清洗过，又更换了机油，转得欢快。他一脸热气，语气蓬勃。

老人说，他们村上以前也来过一位帮助工作的干部，姓刘，大伙都叫他刘干部。刘干部平时就是组织大家开会，有时也指导生产和发展。那一年，村里修公路，必须要过一位退休老干部家的鱼塘，鱼塘不大，养不了几条鱼，却是一处景致。如果不过鱼塘，公路就要多绕几百米路，而且线型也不直。好说歹说，人家就是不同意。村上想了很多办法都做不通他的思想工作，工程也一直推不走，大家都着急。

有一天，呵呵，刘干部心情好得不得了，到处闲逛，看见谁都一脸微笑，哪怕是碰到一个孩子，他都热情地问上学去啊，吃饭没有。很快他就背着手转到退休老干部家附近来了。他不看鱼塘，也不看公路，假装路过那里。

听见远处有人咳嗽，退休老干部出来站在院坝里看稀奇。刘干部热情同他打招呼。

"老革命，听说你到城里去了，啥时回来的？"老干部的儿子也在县城里工作。

"昨天刚回来。"老干部笑呵呵的，硬要请刘干部到家里坐，抽烟喝茶。

"带好吃的回来没有？"刘干部好奇地问。

"就一瓶酒，娃儿说还可以。"

"那我要尝一尝哦。"

"要得，要得。平时请你都请不来哟。"

"你请一下试试，我这个人很好请。这样吧，我让村上买菜买肉，你只是帮我做一下。要得不？"

听到村上出钱买肉、菜，退休老干部把头摇得像扇扇子，心里却欢喜得敲锣打鼓一般。

"我请您吃饭，还要您买那么多，要不得……"

"要得，咋要不得啊？"说完，刘干部站起身走了。下午，村主任就把一大篮肉、菜，和一大桶白酒送到退休老干部家里。临走的时候，村主任对老干部说："老革命，刘干部说了，今天晚上村干部和施工队都要过来吃饭。"

退休老干部看着堆成小山的肉、菜，脸都笑烂了："要得，要得。保证准时开饭。"

退休老干部吩咐老婆赶紧准备晚饭，他也帮忙剁柴爨火，好一阵子忙活。天快黑了，工地上仍然机器轰鸣。退休老干部早早拉亮路灯，不停跑到院子里张望。屋里桌子已经摆满了酒菜和杯筷，只等人上桌了。天黑尽了，一群人才挽胳膊挽腿走进来。

"老革命，辛苦了。"刘干部走在前面，一进院子就伸出双手同退休老干部紧紧握在一起。

"快洗脸洗手。饭菜早就好了，就等你们来了好开席呢。"说着，退休老干部又端来一盆清水放在院角洗衣板上。

大家一顿好吃好喝。吃到中途，刘干部和退休老干部频频举杯相邀，喝得满脸通红左摇右晃。刘干部还拉着退休干部不放，边说话边用通红的醉眼快速地扫了一圈，大家都放慢了杯筷。

"今晚给老干部添麻烦了，我是不是该再敬一杯？"大伙齐声说，那是应该的。

"你——你——这是看得起我啊。"

两人举杯，一饮而尽。

刘干部又含糊地对退休老干部说："今晚喝醉了。"说完，他就趴在了桌子上。一看刘干部醉了，其他人站起来要扶他走。刘干部一把推开众人,大声说道:"我没有——醉,我——我还要喝……"

众人连声说:"醉了,刘干部真的醉了。"

"今晚,他就不走了,就住在我这里吧。家里的床铺都是干净的。"

一听这话,众人不再说什么,先后道谢离席走了。安顿好刘干部,退休老干部也休息去了,把一大堆杯盘碗盏留给老婆。

第二天,刘干部早就醒了,可他不起床,假装没有醒酒。退休老干部照例早起,四处闲看。突然,他大叫一声,我的娘啊——不得了——是哪个狗日的,昨晚把我鱼塘挖了,天啊——他扔下手中的扫帚折身向屋里跑来。

一阵急促的脚步声冲进了刘干部的房间。"刘干部,刘干部,救命啊,不得了,昨晚哪个把我的鱼塘挖了。"那扇实木门在泥巴墙上撞了一下又弹了回去。

"啥,啥子?"刘干部翻身下床,大吃一惊。

"你快来看看。不得了啊。"说完,退休老干部扯起刘干部就往门外走。

"等一下嘛,我总要把裤子穿起啰。"

两人跑出来一看,那口绿莹莹的鱼塘被挖开一道两米多宽的大口子,水早就流光了,只剩下一层浑浊的浅水和几条拼命摆动的鱼。

刘干部一看,气得对着工地破口大骂:"狗日的,老子说过,不要动,不能动,你们硬是把老子的话当耳旁风哦。看我不好好收拾你几个。老革命干了一辈子工作,没功劳有苦劳。何况,他儿子又是领导干部。不看僧面也要看佛面啰……"

骂够了,刘干部对老干部说:"老革命,你放心,我喊他们给你赔礼道歉,赔偿损失。"

很快,刘干部又安排村干部买来酒、肉、菜送到了退休干部家中。夜里,大家频频举杯向老革命敬酒致歉。

讲完这个故事,老人身子向后一仰靠在沙发上,笑得上气不接下气,他不时撩起衣角擦拭笑出来的眼泪。

"刘干部干工作,喀喀(咳嗽)——有——喀喀——有办法。想起来,我就想笑。哎哟,我的个娘呃,笑死老子了。"

他咳得厉害,好一会儿才平静下来。

"就在我这里吃饭。"

说完,老人起身去做饭。罗明推辞不掉,也去帮忙。两个人的饭菜不难做。青菜是老人从地里拔回来的,冰箱里有肉。罗明把肉用水泡了一会儿便开始切了。肉还没有完全解冻,里面有松脆的冰块,一切就咔嚓咔嚓地响,声音好听,也好开片切丝。把肉码好味后,罗明又将厨房简单收拾了一下,把碗筷也重新洗了一遍。

看见罗明在收拾那些因长时间没有很好清洗而发黄的灶台和锅碗,老人并不觉得难为情。

"一个人的确不好做饭。"

三盘菜很快端到茶几上,一个青椒肉丝,一个腌菜炒豆豉,还有一个青菜汤。老人摸出半瓶酒,要给罗明倒一些,罗明急忙捂住杯子。

老人也不强求,往自己的杯里倒了一大截,一仰脖子干了。接着,他又给自己倒了大半杯,才开始吃菜。老人吃得慢,不时咂一口酒,他把大部分时间用在了咂酒和说话上。平时没人跟他说话,他似乎想把存在心里的话都说出来,就像趁了一个好天,要把搁置了多年的衣物被褥抖开晒晒一样。

"没有想过请个保姆?"

"不请,一个人过惯了。再说,以前请的那些人老是悄悄顺我家里的东西。"

就在这个时候,王小君打电话进来了。她说,上午他回单位的时候,没有来得及跟他说。

"啥事?"

"我那一户,现在家里只有一个老人和一个小孙子,儿子媳妇常年在外务工,你帮我多照看一下。"

"你放心吧。"

"我就是不放心。她一个人生活多难啊,连个说话的人都没有。我下个月去看她。"

"没事的。"

"你自己也要保重身体。"王小君的电话里传来了脚步回声。

"以后要少吃腌菜,少喝酒。"罗明对老人说。

"为啥?"

"盐分太重了,容易血压高。"

"嘻,管那么多干啥。活一天算一天。"老人把头一扬。

老人的满不在乎,让罗明有些生气,他在街上游荡了许久才回家。女儿想让他抱一下,他也没有好气地把她吼开了。吃完晚饭,他就躲进房间里,气呼呼地躺在床上。素芳习惯了他这套动作,没有理他,让女儿在客厅里看动画片,也回到主卧室去了。

已经九点过了,他准备洗漱休息,可是客厅里还有电视机的声音。往天这个时候,素芳已经开始打理女儿睡觉了。今天,素芳任由女儿看电视,不管不问。

罗明来到客厅,女儿看得正专心。

"去找妈妈,睡觉了。"

女儿没有理他。

"九点了,去睡觉了。"

女儿没有看他,眼睛还是盯着电视机。

"去睡了,没有听到吗?"罗明大声嚷道。

女儿吓了一跳,赶紧站起身来向主卧室跑去,可她跑得太快,脚下一滑摔倒在地,头也撞到了过道墙上。她慌忙从地上爬起来,边跑边哭。

听见女儿的哭声,主卧室的门轰然打开了,阳台上的玻璃窗随即发出了咔咔的响声。

"罗明,你别太过分了。"

素芳怒气冲冲地站在罗明的面前,她仰着头,两眼紧紧地盯着罗明，伸出手臂紧紧护住孩子。女儿从妈妈的胳膊弯里露出小脸，紧张地看着罗明，又抬眼望着妈妈。

"她自己撞在墙上了。"

"你不吼他，她能撞上吗？"

罗明感觉理亏，没有说话。素芳收回愤怒的目光，继续说道："这不对，那不对，你一天到晚吊丧着脸给谁看，哪个得罪你了？是我们娘儿俩吗？"

罗明低下头，沮丧地坐在沙发上。改变一个人的想法多难啊。

18

从城里回家后，父亲一直想给罗明打电话，拿起电话又丢了勇气。他在田埂上来回地走了好多次。路边田里的玉米秆一天比一天焦黄，风一吹就哆嗦起来哗啦啦地响。他惊动了响声，响声没有惊动他，他一心在往天上望，反复目测眼前的两棵大柏树。

那两棵大树，是他八九岁时栽下的，那时他刚被抱引到这个地方来。快五十年过去，树粗如桶，枝直干云，完全可以做两副上好的棺材了。以前，男人还是孩子的时候，就要栽下两棵树为自己将来准备棺木。父亲当时并不懂，他只是照着别人的样子栽下了。以后每隔几年，他把磨得十分锋利的柴刀别在裤腰上，顺着梯子爬上树，把树枝剁下来。没有旁生枝叶，树就长得又高又直。如今，可以派上用场了，可惜玉莲没有享受到这两棵树的福荫。

砍树做棺木，按理该儿子领头操办，这是体现子女孝行的乡村大事。父亲上次进城的目的就是想跟罗明商量一下砍树的事，可是碰了一鼻子灰。现在，他只能自己想办法。

他还能看不出儿子的心思吗？儿子长大了，有自己的想法，也有自己的个性。他妈妈去世后，他很伤心，一时找不到发泄的地方，转头就把怨恨发泄到了自己身上，把自己当成了仇人。他理解儿子的痛苦，他也知道儿子一时半会儿改不了那个犟脾气。可是他怎么办？吵？争？他是父亲，他是长辈，他只能委曲求全。

磨快了斧子，父亲又去找了一个人来帮忙。夜里，他睡不踏实，进城没跟儿子说这件事，是一种遗憾。可当时那种情况，他说不出口啊，就是说了，儿子也不一定会给他一个明确的态度。但是，儿子应该知晓这件事，现在他才是一家之主。

父亲反复念叨，无论如何都该给儿子通报一下，把自己的责任尽到。儿子答应了，就等于给他授了权。转念又想，儿子答不答应不重要，回不回来也不重要，只要儿子知道这件事情就行。到那时，面子上是儿子在操持，事情还是由他来做，话也随他的口来说，不是儿子没有那份心意，只是工作忙不能回来，事是儿子委托他来做的。这几年，家里的大小事情，村里的红白喜事，他都是这样做的，话也是这么说的。礼簿上的名字是罗明，可是礼金都是他出的。他活的是儿子的人，活的是儿子的面子。

如果玉莲在就好了，天大的事，夫妻俩一番商量，相互一阵鼓动，就可以去做了，彼此证明，名正言顺，一点儿毛病都挑不出来。现在，父亲觉得自己骑在一堵下不来的高墙上。

猪牛羊鸡不养了，田里的庄稼也种得少了，他却经常整夜睡不着。后来，他想明白了，不管如何折腾，只要一家人没有散，就还是一家人，哪家没有一点鸡毛蒜皮的小矛盾呢？问题是，眼下他还没有通知罗明啊。

父亲摸出电话，又把电话熄了。他在屋里打转，一会儿摸过茶盅去倒水，一会儿又去拖椅子，把它放到更靠墙一些。他靠在沙发上看电视，看不进去。他站起来，端起茶盅抿了一口，又到门外吐了，他不渴，晚上也不敢多喝。

电视声音时大时小，罗中胜不知不觉睡着了，手机也滑落到了地上。一声枪响把他惊醒了，环顾四周时明时暗，电视里正在播放枪战片。他捡起手机一看，已经夜里十一点多了。

一大早，帮忙的人打来电话问他什么时候砍树，那人打算今天出门搞装修。如果不急的话，等那边的活儿干完了，再回来帮忙砍树，反正明年立春前，空了随时都可以砍。

父亲急了："今天砍，早点砍了干着。"

他把准备好的工具整齐地放在屋外的凳子上，一溜小跑出去买了几包烟回来，又急忙拿起工具来到地里。两棵树惊恐地站在他的身边，仰着脖子往远处看，两朵黑云在清晨的阳光里瑟瑟抖动着。

父亲把树周围的杂草清理干净，又刨开厚厚一层土，露出暗红色的树蔸，就抡起了斧子，砍树的嘟嘟声和他的哎嗨声此起彼伏，回荡在对面的山崖上。他用不好油锯，他习惯这种纯手工的体力劳动，以至停不下来，多年如此。

帮忙砍树的人来了，父亲递给他一包烟。那人接过去，塞进胸前的衬衣口袋里。父亲又从自己的烟盒里抽了一支递过去，那人用两根蜷曲的指头夹着点上，使劲儿吸了一口，悠长地吐出烟雾，青烟长长地奔跑了一节才缓缓放慢脚步。顺着飘升的烟雾，他歪着头向上看。

"长起快，这么大了。"

"人都长老了嘛。"

油锯呜呜地响，蓝色的汽油味四处乱窜。那人叼着烟，不时用嘴唇往里一卷，香烟跳动两下，似乎要掉下来，却又牢牢地粘在他乌红的嘴唇上。

"罗明没回来？"

"他莫空。喊我砍，费用他出。"

"再忙，也该回来看一下。"

父亲坐在一边往天上看，他听到对面山崖上传来的油锯回声越来越模糊。

砍两棵大树不是一件轻松的活儿，需要整整一天时间。当木料全部堆码在屋檐下的时候，天色已经暗了。

"做两副棺木都莫问题。"

"那当然好啰。"

"明年才能使木匠了。"

"到时看罗明咋安排嘛。"

父亲一直没有给罗明说这件事，他的心里隐藏着一份胆怯和伤感。

19

转眼大半个月过去了，父亲觉得还是该给罗明打个电话。和砍树时的情形一样又不一样，他进进出出转来转去，不知所措。

老家以前有两套房子，一套是老房子，母亲在世时，父母就住在那套老房子里，还有一套砖混结构的新房子。有一段时间，老家时兴修砖房，全村几十户人家同时修房，把材料和工价都抬高了。罗明不想修，可父母吵着要修。最后，父子俩共同花了十多万块钱修了新房，但新房子一直空着没人住。

实施精准扶贫后，上面有土地增减挂钩政策，鼓励有两套房的农民拆除一套房子，宅基地复耕，土地使用权仍属本人。更重要的是，国家会给一笔补助款，分期支付。父母商定，把老房子拆了，搬到新房里去住。可是，第二笔补助款还没有打来，母亲就去世了。

最近，钱到账了。父亲想，自己用不了那么多钱，还是给罗明吧，他刚贷款买了新房，肯定需要这笔钱。罗明应该不会反对吧？

父亲谨慎地给儿媳妇打电话说了自己的想法，让素芳转告罗明。该不该接受这笔钱，罗明在心里犹豫不决。父亲让素芳回了一趟老家。当天下午，她就兴冲冲地回来给罗明打电话。

"多少？"

"你猜。"

罗明不愿意猜，他心里还是不愿意过多谈及父亲，和父亲有关的事情能推脱的尽量推脱，能回避的就回避。素芳把手机短信截屏拿给罗明看，她的银行卡里多了五万多块钱。

"你先莫动这个钱。"

"为啥？他说的给我们。这已经是我们的钱了。我想的是……"素芳大惑不解。

"叫你不要动，就不要动。"罗明打断了妻子说话。

"我想的是，我们再凑点儿钱，给你买辆车，来回就方便了。"

"我——你——"罗明又口吃了，一种复杂的心情涌在心头。

"爸爸把沟边两棵大柏树也砍了，要做两副棺材。他想把其中的一副卖了，钱也要给我们。他说娘本应享受的，她享用的那副棺材是我们出的钱，卖了钱，自然也该归我们。"

罗明仍然没有说话。他心里乐于接受父亲的说法，倒不是单纯为了钱。他觉得自己和父亲之间的距离，近了一步也远了一步。近的是父亲还想着他这个儿子的付出，远的是自己还是不情愿跟他靠得太近。不过，他觉得这种距离感挺好，至少自己觉得不尴尬。

素芳又悄悄给罗明说,去年过年,父亲和罗灵吵嘴了。他说,他再也不会到罗灵家过年了。

母亲去世后,罗明和罗灵都不想回老家过年过节了。睹物思人,难免伤感。再说,以前有母亲在,回家啥都不操心,桌子上认碗认筷子,现在不行,什么东西都得自己准备,花钱不说,冻手冻脚的,大家都心怯。父亲提议,他轮流到儿子和女儿家过春节。去年,也就是母亲去世这年,父亲在罗灵家过年。谁知,罗灵当着父亲说长道短,惹得他心烦。

"你不要在背后议论哥哥嫂子。毕竟你们是一母所生啊,兄妹之间还是要搞好团结嘛。"

罗灵不服气,又说一些不中听的话。父亲生气了:"我觉得他们还可以嘛。"

感觉父亲在为儿子说话,罗灵的火气也大了:"儿子做到那么好,你就跟着儿子去啰。"

父亲陡然站起来,回到屋子里去整理自己的背包。既然自己不受欢迎,何必还留在这里讨人嫌弃?他决意要走。后来妹夫钱林劝住了他。他坚持住了两天,便回老家去了。

父亲一直把这件事情埋在心里,直到这次素芳回家,他才摆谈出来。素芳听了心里很难受,当即表态。

"以后,你就到我们家来过年吧。"

"那当然好啰,你回去给罗明说说吧。"

"你是他父亲,我不相信他还能把你赶走了?"

罗明苦笑。

"你还听到了啥?"

"他们还说父亲跟一个女人关系很好……"

"哪个说的?"

罗明打断了妻子的话,但他很小就知道父亲和杨桂英之间的传闻。

父亲和杨桂英相熟,是因为他学医。杨桂英刚嫁给堂侄的时候,杨父经常来看望幺女儿。得知杨父是一位老中医,一心要学医的罗中胜很想找他指点一二。

远房堂侄并不喜欢杨桂英,他喜欢的是自己的女同学。女同学身材修长,长得也漂亮,上学期间就互有往来。堂侄结婚后,他们还偷偷见面。新媳妇儿一万个不愿意,亲戚好友也不答应。外界压力越大,两人的感情倒是越好,关系也越密切。一天晚上,大家便去抓现行。

找到了人,事态严重了。新媳妇儿哭得死去活来,不依不饶,定要负心男人受到惩罚。那时她正在气头上,自然是想他受的处罚越严重,自己越解气。女同学的家人也觉得丢脸,一心想早了早安生。没有家人阻挠,反而有了他们的支持,大家巴不得把情况报告给派出所处理。很快,男人就被捉走了。后来,堂侄被判强奸罪入狱。过了两年,杨桂英才开始后悔。可惜,大错铸成,已无回天之力。堂侄刑满后,一直体弱多病,好端端的身体从此垮了,不到三年,就一病不起走了。

杨父看到女儿在坝里孤单无助,一直放不下心,但是又有什么办法呢？思来想去，杨父便毫无保留地教罗中胜学中医，唯一的要求就是，希望他多关照一下自己苦命的女儿。

在农村，耕田犁地，栽秧打谷，都是重体力活儿。家里没有男人，杨桂英活得很辛苦，她需要一个男人的帮助。杨桂英也不拿他当外人，二人情同师兄师妹，喊他帮忙，要东借西，口头上说得客气，实际上也有些硬喊硬要的意思。杨桂英也不亏他，经常给他做些好吃好喝的，有时收工晚了，男人要回家，她执意不让走。累了一天，哪有不吃饭就走的道理。

罗明问："他有没有说母亲当时是怎么回事。"

"说过。娘本来有高血压，而且她也是个急性子。加之，天那么热，她又顶着大太阳掰了七八背苞谷，还一个人全部背回家。你说，咋不出事吗？这件事情，你不能怪爸爸。"

"我没有怪他。"

"没有怪？没有才怪呢。"

素芳的话，让罗明窥见了一扇透亮的门。他舒了一口气，又在手机上阅读起来。

"脑干出血是什么引起的？1. 高血压。2. 脑干内血管畸形。3. 脑血管的淀粉样变。4. 天气刺激。天气冷热变化是非常正常的一个现象，但是冷热变化的过程当中，会让人体受到一定的刺激，从而让血管出现收缩和痉挛的问题，这种状态就会让患者的血压飙升，诱发脑干出血。"

对照上述原因，母亲的死亡具有两个条件，一是高血压，二是天气原因。另外，全家历来吃盐重，导致了高血压。母亲死于脑干出血，事实指向明确。可是，他想起蔬菜队那位老人讲过一件事，心又紧了起来。

蔬菜队原来有两口子，年轻的时候人很勤快，家里条件还算过得去，两个孩子读了大学，现在都在外地工作。拆迁安置后，他们不仅每月有社保，也做小生意，两个孩子逢年过节也给他们拿钱用。按理说，他们可以安享晚年了。你说怪吧，这个时候，男人和做生意认识的一个女人搞起来了。家里这个女人自然不依不饶，自己辛苦了一辈子建立起来的家，眼看就要被别人瓜分了，心里肯定不安逸。两个人三天一小架五天一大架，搞得乌烟瘴气的。后来两人生分得连外人都不如。有一次，女人上厕所，男的将一壶开水泼了进去，烫得女人哇哇大叫。

再后来，男人跑到野女人家里住着不归家。偶尔回来不是搬东西，就是打架。儿子回来劝说过一回，平静了一段时间。有一天，突然听说女的死了，还是在厕所里洗澡的时候死的，几天后才被人发现。有人进去看的时候，女人全裸着倒在水泥地上，连一件内衣都没有穿。男人回来看了一眼就走了，好像跟他一点儿关系也没有。大家猜测是男人把女人杀死了。

你说，在一起生活了几十年的夫妻，到最后咋成了仇人呢？真是应了那句古话：夫妻同床睡，人心隔肚皮。

当时，罗明听到这个故事惊出了一身冷汗。虽然同样的故事在影视剧里看过，但老人说得有名有姓的，还是让人感到恐惧。父亲会这样吗？

20

早上,村主任刘显强打来电话的时候,罗明正在往锅里下面条。他两手没空,想把面条捞起来再接,可电话响个不停,罗明知道有急事。村干部之间有约定,不及时接电话要受处罚,如果在一个小时内又不回复的,下次聚餐就要罚酒。

"搞快些上来,刘显能跟人打架了。"罗明刚接通电话,村主任就嚷开了。

"人莫事吧?"

"他幺爹抱着他的腿不放,要死要活的,还要'报官'。"

罗明只好关了火,让面条煳在锅里,开车就往三社赶。三社在大田村村委会院子北面山上,车子在栎树林盘旋三个弯,爬到山顶就下河,再爬上一面坡才能到。刚翻过一个小山嘴,罗明就听到三社聚居点传来一阵叫嚷声。

"要打,就打死。不打死,老子就不得放手。"

罗明是第一次开这段山路,他把车小心地停在一处会车道上,才慢慢地向聚居点走过去。说实话,他心里有些害怕,他也是第一次处理打架斗殴这类邻里纠纷。可是,他不能表现出怯懦来,那么多双眼睛在看着自己呢。车钥匙在右手食指上时快时慢地旋转着,他看看左边坡地里花椒树的长势,又跟地里干活的人打招呼说几句话,装出一副成熟稳重的样子。

三社社长刘显能老远就看到罗明那辆白色的 SUV 慢腾腾

地过来了，心里的火气旺了一些。等到车子近了，再看罗明那种假模假样的情态，火气就更大了。他对紧紧抱着他腿的老人吼道："放开啊，真是越老越莫名堂了。"

一听到侄子接话骂自己，老人在他的腿上狠狠地咬了一口。刘显能负痛大叫，举起秤砣一样的拳头，准备砸向老人。

"你就显能吧。老子是你么爹。你敢骂老子，还想打老子？"

"不能打人。"罗明也一声大喝。

罗明还是那般强作镇静，慢条斯理地问道："你们干啥？刘老汉，留你侄子吃早饭啊？他不吃就算了嘛，哪有你这样请客的？"

"老子情愿喂狗，都不得给他吃。"

"我是狗，我就是狗。我惹不起你，还不行吗？"

"现在当官了，长本事了，开始在老子面前显起能了。"

"我的先人板板啊，哪个敢嘛。"

"那你把我的饭菜倒了干啥？"

"你那菜里放那么多盐，咸得冰凉，咋有法吃嘛。"

"你在我家吃得还少了？几十年来，哪顿不是一闻到我屋里煮饭炒菜了，你就跑来守起？现在当了官，嫌弃老子了？"

"'三减'是村里推行的工作，我不是给你讲过了吗？我的老祖先啊。"

"我吃个饭还你管了？你咋不拿起筷子给我喂呢？"

"不信，你问罗书记，是不是真的？"

罗明知晓两家人的关系。平时，刘显能对叔叔还是很关照的，按条件给他评了贫困户，享受了易地搬迁政策，又支持堂弟两口子外出务工。这两年，堂弟一家在外发展得不错。幺爹家里做了什么好吃的都会喊他。他家有了什么好吃的，也会请幺爹过去。幺爹家里有六口人，按易地搬迁政策，他家房屋最大面积只能修一百二十五个平方米。祖孙三代只有三个卧室，现在，孙子孙女都长成大人了，每次孙子回家就睡在客厅沙发上，除去厨房、客厅，家里连放个粮食和农具的地方都没有。幺爹一直想在楼上再加一层，这样，房间就会宽裕得多。

见来了村上的干部，叔侄两人各说各的道理，罗明慢慢搞清了两人冲突的原因。侄子是干部，他能跟村上、镇上说上话。幺爹最近经常请刘显能喝酒，就是想通过他跟上面要一个话口，早点给房屋加层加顶。

"那不得行哟，幺爹。"刘显能咂了一大口酒。

"脱贫攻坚不是结束了吗？"幺爹俯下身子，把满是花白胡茬的嘴凑过来，嘴里喷着酒气。

"还有乡村振兴啊。"刘显能大口嚼着一块猪蹄肉。

"不得检查验收房屋面积了吧？"

"说不准。"

"你想想办法。现在家里实在是不宽敞，连自己屋里的人都住不下。更不说来个客人了。"

"难啊，您老人家要多理解哈。"他拖着长长的醉意打着官腔，给幺爹斟满，举起酒杯要跟幺爹碰一下，"我敬您老人家，这些年来一直支持我的工作。"

幺爹酡红的脸上浮现出不高兴的神色,半天才端起杯子,手腕点了一下,并不碰杯,把刘显能晾在半空中,抿了一小口便搁下了。刘显能给自己斟了一杯酒,讨好似的要跟幺爹再碰一下。幺爹只是沾了一嘴唇就放下了。刘显能还想再敬,老人家用手向下按了按,不再端杯。

"您老人家生气了?我给您讲一下政策嘛。"说着,他端起酒又干了一杯。

看着他一边大吃大喝一边神吹胡扯,幺爹的脸黑得要破。

"今晚咋了?才喝了一杯,头就痛得这么厉害?"幺爹说着,便用握住筷子的拳头使劲儿敲打着自己的脑袋。

刘显能喝得有点儿高了,手舞足蹈,不停唠叨起扶贫政策来。幺爹心里烦乱,他对坐在一旁一语未发的老婆吼道:"给他舀碗饭来。"

"他还在喝酒呢。"幺娘轻声说道。

"喊你舀你就舀,哪那么多废话。这么多吃的,还没把你那嘴巴堵住吗?"

幺娘恨了幺爹一眼。

幺爹又气愤愤地说道:"喝那么多酒啥用,屙一泡尿就没了。"

幺娘只好去端一碗米饭来放到刘显能面前。

刘显能虽然有些醉酒,但心里明白,幺爹这是对自己不满意啊。他心里也有些不高兴,堂弟在外务工多年,自己帮他家里还少了吗？现在，一件事情没有帮到你，你就翻脸不认人了？"

叔侄俩就此有了一点隔膜，好几天都不来往。

村里推行"三减"计划后，刘显能口上反对得最凶，但对上面的政策，他经常落实得最快最坚决。一到饭点，他就在社里挨家挨户去看哪家吃的什么菜，还要给人家讲少吃盐、肉、糖的道理。干部来讲政策，一般人家都会笑脸相迎。大方的人家，还会赶快去拿出一双碗筷来，请他上桌，偶尔也要请他喝上一杯。刘显能的工作热情更高了。

这天早上，他又来到幺爹家里，看到幺娘煮了一锅腊肉腌菜面片，一人一大碗吃得正香。幺爹面前摆了一个小酒杯。看到侄儿来了，幺娘还像往常一样招呼他过来吃面，也添了一个杯子放到他面前。

有些事情就是这样，没人提起，你一辈子都不会注意，觉得天经地义顺理成章。如果一提，再正常的事儿也显得到处有毛病了。

刘显能挑起一块面片送到口里，觉得太咸也太油腻了。"幺娘，这腊肉腌菜面煮得好吃，就是有点儿咸了，也有点儿油腻。"

幺娘愣了一下，抬起头来。"我去给你倒一碗开水来，你涮一下再吃。"

"不用。以后，你们不要吃得这么咸，对身体不好。你们本身就有高血压、高血脂。再这样吃……"刘显能瞟了一眼幺爹,及时刹住车。

幺爹一直没有说话,黑着脸埋头吃面。刘显能转头和幺娘说话,边说边把咬不动的腌菜茎扔给坐在地上的白狗吃。有了吃食,白狗在桌下钻来钻去,不停地在三人腿间来回摩挲。不时还抬起头来盯着人,同时高高竖起尾巴,不停地摇着,讨好主人再扔给它一点儿。

空气中浮动着狗毛和灰尘,幺娘呵斥一声:"过去。"

白狗一惊,低了头,又钻到幺爹那边去了。它刚一露头,幺爹就狠狠地砸了它一拳。白狗大叫一声,愤怒地咬向男主人的手,随即又快速收住了嘴,这个挑衅举动惹怒了这个心气不顺的男主人。幺爹朝它狠狠蹬了一脚,差点把饭桌推翻了。它嚎叫着冲出门,幺娘和刘显能都吓了一大跳,碗里的面汤洒到桌子上。

"你疯了。它惹你了。"幺娘气得大喊。

"它在这屋里到处钻。"

"它是个狗,它不在屋里钻,到哪里去钻。它要找吃的啊。"

"吃,吃得再多也是一个白眼狼。"幺爹说完,又狠狠地盯了一眼刘显能。

刘显能已经喝了两杯酒,看到幺爹这般看待自己,心里也生了火气。但那是自己的长辈,是跟自己父亲一样的叔叔,他不能发作。"吃饭吧。"

"吃啥子吃,不吃了,喂狗。"幺爹一屁股坐下去,把自己的面倒在屋角的狗碗里。

"幺爹,你不要扯鸡骂狗的。你对侄儿有什么不满,就直说。"

"说了有个卵用。"

"那是国家政策,我有什么办法。你这就是蛮不讲理嘛。"

两人趁了酒劲争吵起来,幺娘在一旁劝不住。实在吵得厉害了,幺娘只好去吼幺爹:"老都老了,有名堂不?老东西。"

幺娘不劝还好,她越劝,幺爹声音越大。幺娘强势了一辈子,自然不甘示弱,老两口接上火就不停歇。她和幺爹坐在一条板凳上,她愤然起身的时候没有告诉幺爹。她的屁股刚抬起,板凳就翘了,幺爹差点儿坐到地上,刘显能赶紧伸手去扶。幺爹不让他扶,身子一让,脸却迎了过来,鼻子正好撞到了刘显能的手上,他被撞得眼冒金星,鼻头酸痛。

刘显能愣住了。他喝了一辈子酒,很多次醉了心里明白。这次,他却糊涂了,他根本不知道是怎么回事。幺爹顺势倒在地,叫嚷着刘显能打人,好吃好喝地招待他,没想到喂了一个忘恩负义的白眼狼。

听毕两人的争辩,罗明哈哈一笑。"他是不是狼,只有您老人家清楚。家丑不可外扬。有啥事,关起门来说嘛。快起来吧,难道还要让外人看热闹看个够吗?"

"我这次是铁了心的。你们村上不管,我就到镇上报官。要么,报警。这回不给我说个一二三,我是不得松手的。"

"我的天王老子,我咋给你说个一二三嘛。罗书记,他要在屋顶上加层,这是违反政策的事,我好赖也算个干部,能答应他吗?再说,要大家少吃盐少吃肉是村上的英明决策,我能不执行吗?罗书记,你说是不是这个道理?"

村主任刘显强站在一旁不说话,看着叔侄两人又唱又闹。罗明几次想搭嘴再劝,都被他用眼色制止住了。两人假装商量解决办法走到一边。

"你看清形势没有,他叔侄俩在演戏给我们看呢。"村主任悄声提醒。

"演什么戏?"罗明有些吃惊。

"你看嘛。叔叔想给新房子加层,侄儿想借叔叔的口抱怨'三减'工作的难度。他们这么一吵一闹,就把问题间接推到村上来了。我们一接手,就得给他们解决问题。光劝架是劝不下来的。"

"原来是这样啊。"

"瞧你刚来那副神情,我还以为你明白呢。农村的事情,实际上牵扯到鸡毛蒜皮的多,不像表面上那么简单。"

"那怎么办?"

村主任刘显强挠了几下斑白的头,略作思考就抬起头来。"这样,就说我们解决不了这个问题,让他们到镇上去解决。他们也晓得,镇上肯定要他们回来先找村上调解。我估计,他们闹一会儿觉得没趣,就会算了。"

"好吧,就按你说的办。你先走,过一会儿给我打电话,我接到电话就走。"罗明说完,村主任头也不回地走了。

"老人家，算了吧。一家人有什么话不好说嘛。刘社长，给叔叔道个歉。"

"这回莫得那么便宜。"老人躺在地上，把侄儿的腿箍得更紧了。

见叔叔这么执拗，刘显能的牛脾气也上来了。"我道个啥子歉？我有什么错？"

罗明不紧不慢地劝着，叔侄两人互不松口，事情就僵持着。不一会儿，罗明的电话响了。

"你说啥子？镇上刘书记找我？让我马上到镇上去？"罗明浑身不自在，把电话紧紧贴在耳朵上，"我这边有事情走不开啊……不算大事，但是……好的，好吧，他找我有紧急事，我能不去吗？……好，我马上就去，你放心吧。"

放下电话，罗明对叔侄俩说："镇党委刘书记找我有紧急事情，我要先走一步。你们好说好商量，都是一家人，家和万事兴嘛。"说完头也不回地开车走了。

"罗，罗书记……"刘显能把手伸得老远，想把罗明拉住。

21

镇党委刘书记对大田村的帮扶工作给予肯定，尤其是罗明提出的健康生活方式，符合上级医疗卫生部门倡导的"三减""三健"要求，走在了全镇的前面，要求村两委继续推进。刘书记还与镇中心卫生院院长通了电话，希望中心卫生院也把大田村作为一个试点，和村两委一起来推动。说到高兴处，刘书记把电话举向罗明，还按了免提。罗明听到，院长在电话那头满口应承。

第二天一早，家庭医生打来电话，说要到村里来了解情况，商量下一步的工作。很快，一辆小车驶进村委会院子，家庭医生身着白大褂，一下车便直奔村委会而来。

罗明和村医刘能元早已坐在办公室等候。家庭医生兴致很高，他的笑容里不只有服务行业固有的热情和礼貌，还有发自内心的欣喜。简单寒暄后，众人落座直奔主题。

"罗书记，你们这个工作抓得好，在全镇领先，可能在全省也不多见。我今天是来向你们学习的。"

"工作才开始，谈不上领先，你多提宝贵意见。"

刘能元在一旁插话："这个工作从上到下说了很多年，大多停留在宣传口号和群众自觉自愿上，没有可以操作的具体标准是当前最大的难题。"

"主要症结就是用什么来代替原来重盐、重油、重糖的食品或作料。他们吃惯了重口味，突然一下变清淡了，肯定不适应。"刘能元熟悉情况，进入主题很快。

两人都犯难。

"首先，一个人的习惯不好改，这是肯定的，但一定要积极引导。我还是那句话，一定要把健康生活的观念传递到群众那里。远的不说，就说你我都知道的，分田到户、改革开放、精准扶贫，都存在与旧习惯、老观念做斗争的问题。后来的事实证明，大家不是都在慢慢接受，逐渐改变吗？"这些话罗明说得顺溜，一点儿也不口吃，因为他在心里念叨了好多遍。

家庭医生不住地点头，他心里清楚，这些年来移风易俗改变的观念和习惯很多。医疗卫生方面，比如到医院里生产就是一个，过去都是请接生婆到家里生孩子，如果顺利还好说，如果不顺利，产妇要在床上折腾好几天，可谓九死一生。现在到医院里生孩子，大家都觉得是一件理所应当的事情了。现在在家生孩子，反倒是一件怪事了。

罗明接着说："当然，我们也不可能一下子把所有问题解决了，今天就谈刘医生说的这个问题：有哪些食物和作料可以作为替代品。"

"平时，我们对盐的摄入量过多主要体现在这几方面：一是炒菜时放的盐过多；二是吃的泡菜、酱菜、豆瓣等腌制品含盐量高；三是高盐的零食。吃盐多，主要是口味重，所以要想办法解决饮食的鲜、麻、辣等问题。比如醋、香料、生姜等可以替代……"

"鸡精、味精算不算香料？"村医刘能元插话。

"肯定不算，我们常说的香料，主要是指植物香料。比如，草果、八角、香叶、桂皮……"家庭医生回答说。

"哦。那辣椒也算植物香料了？"

"算，但辣椒要少吃。"

"减脂呢？"罗明问。

"农村的实际情况大家晓得，重点是腊肉和油炸食品，主要涉及做菜的方式。煮、蒸、拌、炖、焖这些方法，可以去除一些油脂。像酥肉这一类油炸食物要少吃。"

"做凉拌菜的辣椒油呢？"

"当然也不能绝对，注意少放点儿嘛。"

"减糖就更清楚了，就是少吃甜食，主要是少吃糖或是含糖零食。老年人喜欢甜食，要注意控制，尤其是糖尿病人一定不能碰糖类食品。"

"这么一讨论，情况就清楚多了。说到底，就是三个问题：一是多用植物香料来减盐；二是改变做菜方式来减脂；三是少吃零食来减糖。"

"罗书记的水平高啊，三句话就总结完了。同时，还要注意提醒大家，保持口腔清洁多刷牙健康牙齿，适量运动不要太胖健康体重，多晒太阳少吸烟喝酒健康骨骼。"

"好，明天开会，我们就针对这六点来想办法。"

上午九点，村两委会议召开，邀请了全体村社干部、党员，还有群众代表参加。会议上学习传达了上级有关文件精神后，罗明汇报了镇党委刘书记对村上工作的要求。接着，重点讨论修订"乡村道德银行"考评标准，推行"三减""三健"健康生活方式。

"乡村道德银行"是大田村在精准扶贫中探索出来的一条乡村自治创新道路。其考评采用积分制的办法，评价标准涉及"律己守法、移风易俗、清洁卫生、勤劳致富、敬老孝亲"五个方面，既有细化条目，又有惩扣分值标准。全体村民以家庭为单位参加，积分保底100分，每季度考评一次，按照积分多少兑换等额生产生活物品。年终，对年度总积分前五名和明显进步的前两名，再给予一定的奖励。

罗明对此思考了好长时间，他觉得把"三减""三健"纳入"乡村道德银行"这一做法，理论上可行，操作容易上手，干部群众应该乐意接受。可是，反对之声依然激烈。

"'乡村道德银行'现在是不错，看起来也热闹，以后怎么办？"

"就是，如果驻村工作队走了，谁来组织考评？如果新来的驻村干部不了解情况，对这件事不重视，还会不会继续搞？"一个老同志站起来发言。

"还有一个重要的问题。'乡村道德银行'之所以能够实施，主要是能兑换物品，一个积分就是一块钱。搞得好还有奖品。如果以后没有单位帮扶支持，那么兑换物品的钱从哪里来？"

罗明苦笑。这些问题不是不好回答，而是群众明显要的是一个长久保证，他们想吃一颗定心丸。

一言未发的村支书刘德新摸出一包烟，自己点了一支，然后又把烟盒扔给他右边的村主任。每次开会都是这样，村支书都会无偿给大家提供一包烟，往往会议还没有结束，一包烟就结束了。

"莫扯那么远，到了那一天，再说那一天的话。到了那一天，也许还有更好的解决办法。干工作，先把困难摆一大片，那就莫法整了。你们说没有驻村干部,罗书记现在坐在会议室里的嘛。你们怕驻村干部莫感情,是他在力推这个事情嘛。你们说没有钱兑现奖品,现在也不存在这个问题嘛,县上专门为'乡村道德银行'预算了经费嘛。既然大家提的这三个问题,现在一个都不存在,那么我们就没有理由不实施。难道真的要等到你们说的那些困难出现了再来搞?大家也不要想得太宽了,今天开会要做的事情,就是讨论如何考评'三减''三健'。"

坐在他左侧的罗明,侧头看着刘德新,脸上的表情复杂,先是惊疑,而后是惊喜,最后又掺杂着感激和惊叹之情。这个看起来慢腾腾的当家人,心里有一本明白账,也有做事情的原则和方法。

刘德新看了一眼罗明,继续说道:"罗书记,你对这项工作思考得深,直接提出你的想法。"

罗明点了点头。"原来的'乡村道德银行'的考评办法很好。我的想法是,原则上不再进行大的变动,只是增加一项内容,就叫'健康生活',专门用来考评'三减''三健'工作,将原来的五大考评内容变成六大考评内容。'健康生活'这一块也从六个方面来细化条款:一是使用植物香料;二是改变做菜方式;三是少吃零食;四是刷牙漱口;五是多动少坐;六是不吸烟少喝酒。大家主要讨论一下,具体条款如何设置,方便以后考评。"

"好。第一条,使用植物香料咋设置?"

村支书刘德新接过罗明的话,作为主持人,他及时把会议的主动权掌握在自己的手里。他也是一个讲求实效的人，不想把"议事会"开成了毫无效果的"座谈会"。

"宣传画说得好，就是两个方面：提倡清淡食物，每天定量食盐。少吃泡菜、酱菜、豆瓣、腌制食品，多用植物香料替代含盐调味品。"村医刘能元说话的声音比平时大，一字一句，清晰有力。

"好。文书，你要一条一条记清楚哟。"村支书看到，年轻人正在奋笔疾书，听到他的话重重地点了两下头。

"健康生活"条款最终拟定，共六大项二十个小项。尽管个别人有不同的看法，但会议基本上达成了统一认识。

"分值如何评定？"罗明又问。

"这个问题简单。'乡村道德银行'是以一百分为基础，根据情况进行加分或减分。我看其他项是多少分，'健康生活'就设定多少分。"村主任刘显强接过话题，他停顿了一下，低头翻看手头的资料，几张带表格的复印纸哗哗作响。

"20分。就看这20分如何来划分。"

"20分少了，50分吧。总分150分，跟高考单科总分一样。"

无人提出反对意见。

"重点在减盐减脂这两个问题上，建议加重评分。"村医刘能元说。

"要得。"

"具体怎么划分呢？"

"哎呀，这个话题扯了两三个小时了。领导说给多少分就给多少分？几下开完了，我回去还要干活。地里的活路摆起的啊。"三社社长刘显能有些急躁了。

"刘社长，那你说给多少分啊？"村支书刘德新慢悠悠地问道。他才不急呢。

"20个小项一个2分，剩下的减盐减脂这两项再平摊。"刘显能说。听他那语气，好像这是一道小学一年级的数学题，不值得如此这般小题大做。

"你倒是说得很轻松啊。"村支书笑了，大家都笑了。"大家有意见莫得？莫得的话，就按刘社长说的办。"

大家笑得更起劲儿了："按刘社长说的办。"

刘显能有些不好意思了："哪能按我说的办呢，按领导说的办。"很快，他又眉飞色舞地说："我只是说事情莫整那么复杂。复杂了，我脑壳痛。"

议题讨论结束，村支书刘德新最后强调说："'健康生活'考评是探索性质的，大家要多看多问多访多宣传多解释，群众的生活习惯改变是一个漫长的过程，不能刀砍斧切，不能激化矛盾哈。谁惹的事情，谁负责消灾哦。"

他收回了盯在刘显能身上的目光，扫视了一下会场，突然大声宣布："散会。"

罗明惊喜地发现，这两次讨论自己居然没有口吃，这给了他很大的鼓舞。村支书刘德新说："事情想得熟透，心里有底气，说话不紧张，自然就不会口吃了。"

罗明嘿嘿地笑了。

22

父亲给素芳打电话说想把屋里的沙发换一下,他也给女儿罗灵打了电话。

"不是有一套吗?"

"换新的,你们回来了好坐。"

罗明得到消息后,也是一肚子疑问。他节约了一辈子,现在要花五千多块钱换沙发,是不是想接大娘到新房里来住?

换了沙发,父亲又起了两眼新灶,还铺了地板,装修了室内厕所。罗明罗灵两兄妹越发不理解了。素芳是明眼人,他是想我们回去住,他担心屋子里脏乱差,我们住着不习惯。

那个家的确干净清爽多了。但他还是一个人在家里,儿女们很少回家。罗明平时不回家,就连母亲周年祭日回家,前后待了不到一个小时就走了。以前,母亲在,罗明无论如何都会住一宿。

白天,父亲在田地里干活儿,晚上回家无事,就看抖音看电视消磨时光,但他常常感到寂寞。

他从小就害怕寂寞。

父亲被抱养那年才九岁,还是需要得到父母疼爱的年纪。他觉得自己像是一个孤儿,少言寡语,性格孤僻。饿了,他不知道吃;冷了,他不知道穿。他存在弱者的普遍心理,似乎自己越可怜,越能博取别人的同情。可是,他摧残的是自己弱小的身体。他病了,病得歪歪斜斜,走路都走不稳,差一点儿死掉。奶奶每次赶集,都会绕道来看望他,但他都常常躲起来。因为,他害怕那不争气的眼泪让奶奶看到了伤心。奶奶走后,那天晚上他就不吃晚饭,一个人蒙在被子里哭一夜。

父亲也曾风光过,留着一大分头,一副知识分子的派头。他当过村会计,结婚后又开始学医,每年都要进几次城逛一逛。父亲再次过苦日子是从分田到户开始的,再后来,好日子是从罗明考上大学开始的。哪知,好日子没有过上几年,妻子却去世了。

以前,父亲希望孩子们走出去,觉得孩子们有出息,自己脸上有光。如今上了年纪,才开始羡慕大娘的生活。大娘有五个孩子,似乎都没有多大出息,儿子儿媳女婿常年在外打工。平日,兄弟妯娌之间会为一句话、几苗菜秧争吵,甚至对骂半天。农忙时节,他们却会回家相互帮忙。到了过年,无论多远,都会赶回家,凑在一起开开心心地过年。

父亲喜欢那样的氛围。但一年多来,他始终面对的是罗明那张冷面孔。

23

心中的愤懑常让罗明错乱了时空,恍惚不清。每当这时,那只白鹤就会在他脑海中飞翔。好几次,他依稀看见了母亲,这让他片刻欣喜之后陷入更深的痛苦中。

葬礼期间，罗明走进厨房，猛然看见一个头发花白的老人坐在板凳上择菜，肥胖的腰身一起一伏的，和母亲忙碌的身影一样。他刚想张口叫娘，那人抬头一笑，又低头忙碌了。

有次在大街上，一个身体富态、一头花白短发的老人远远地朝他走过来，他分明感觉她就是自己的母亲。走近一看，却又不是，疼痛如一粒子弹擦过心尖。

罗明始终觉得，母亲只是出了一趟远门，或是搬到另外一个地方去生活了，轻易不会回来。可能某一天，母亲会惊喜地出现在他的面前。如果真是这样，那该是多好啊。母亲曾经离开自己三次。每次，罗明都担心母亲不会回来了。可是，每次母亲都回来了。他多么希望能和以前一样啊。

罗明记得，小时候母亲带他到河边洗衣服。母亲抬头看见一片青翠绿色中有一片红火，那是一棵松树干枯了。母亲说，她去把那棵树掰回去烧柴，让自己在这里看着衣服，别让人家拿走了。母亲很久都没有回来，热辣辣的太阳烤得他浑身是汗，小屁股下的石头也烫得坐不住。四周安静，流水的声音越来越大，开始像是一群人在吵架，慢慢地变成一群野兽在吼叫，而且它们离自己越来越近。

罗明害怕了，四处张望，不见母亲。只有一个穿花格子衣服的女人从山林里走了出来，腋下夹着一大捆干柴，踩着河面上的石头走了。她向这边看了几眼，还蹲下来洗了脸。罗明想喊，又怕那人不是母亲。母亲穿的是黑色衣服，她明明穿的是花格子衣服。他一喊，那个女人必定发现自己，自己就可能被带走，再也见不到母亲了。

时间过了很久很久，母亲还没回来，罗明害怕极了，只得壮了胆子往家走。那是一条漫长的路，他从未单独走过，一条接一条的狭窄田埂，一田接一田的碧绿秧苗，他看见锋利的叶尖上停着彩色的小蜻蜓，他不想去捉，他要尽快跑回家。

他推门进屋时，大家正围着桌子吃饭。那个穿花格子的女人背对着自己，也在桌上吃饭。见罗明回家，一家人都停下了筷子，回头惊奇地看他。那个穿花格子的女人也回头看了眼罗明，哈哈大笑起来。

那个人不是别人，正是自己的母亲。她脱下的那件黑色外衣就放在她身边的板凳上。罗明觉得自己受到了天大的欺骗，哇哇大哭。这件事在罗明小小的心里留下了深重的阴影，他总是担心母亲会离开自己。

罗明读五年级的时候，妹妹也上小学了，巨大的经济压力压得父母喘不过气来。看着父亲把谷子、苞谷、黄豆一袋一袋卖出去，母亲用手指敲打着屋中央的木柜子，侧耳倾听上半截空空洞洞的声音，有气无力地说，又少了一截。为此，他们经常吵架。

"家里还有这几张嘴吃饭，还卖？喝风啊？"

"不卖，娃儿的学费咋办？农税提留咋办？"

"咋办咋办，我哪晓得咋办。锅里没煮的，你说咋办？"

"吃洋芋，吃红苕。"

每次遇到这个问题，父亲都特别烦躁。母亲也无计可施，最终只能闭嘴不言。

那年冬天,村里来了一位烤酒的师傅。他说话带有浓重的鼻音,一口外地腔,嘴里时刻不离一只铜烟锅,就连说话的时候,都舍不得取下来。那形象有点儿像动画片中的光头强。

他说自己有酿酒技术。家里粮食吃不完,可以酿成酒,酒可以卖钱,酒糟可以喂猪,猪肥了也可以卖钱。每一锅酒,他只收十块钱的技术费。在自家也烤了一锅酒后,母亲决定和那位烤酒师傅一起出门挣钱。父亲开始不同意,但他没有更好的钱路。

母亲是在一个风雪交加的清晨走的。烤酒的师傅佝偻着腰走到前面,母亲挺着腰走在后面,她不时回头看着站在门口的儿女们,然后扭头加快脚步去追赶走出老远的师傅。

母亲离家的那个寒假格外寒冷。父亲带着两兄妹开始撑起一个家。罗灵负责家务,除了一日三餐,还要喂猪。她把猪食煮好后,等着父亲回家提去倒给猪。罗明和父亲一起在田间挖地、栽洋芋。父亲稍不顺心就会扯鸡骂狗。他的情绪也感染了罗明兄妹,一家人都憎恨烤酒的师傅,埋怨母亲。

年关将至,母亲还没有回家,妹妹只好学做豆腐。豆腐做得太嫩了,压不出形,稍微用力就碎了。大娘路过,嫌弃地看了一眼。

"狠心的女人,咋舍得丢下这两个孩子哟。"

母亲终于在春节前一天回来了,她还带回来那个烤酒的师傅。自己的女人和另外一个男人在外走了一个多月,而且还把他带回家过年，父亲表面上很客气，心里却是一肚子不高兴。为此，他俩还打了一架。但罗明还是觉得那个春节很温暖。

罗灵曾随丈夫到新疆支教三年。她在学校里开起了小卖部和食堂，生意做得红红火火。每次打饭的时候，几百名学生同时涌过来，三间小屋里就挤满了人，一家人根本忙不开，也照管不过来。晚上盘点时，总会发现钱物不符。

母亲一个人坐了几天几夜的火车赶到了新疆，一待两年，直到罗明结婚后才回来。罗明的婚礼很简单，只有少数族人和亲戚参加。母亲也远在新疆没有及时赶回来。夜里下起了小雨，小沟里涨了水。第二天早上，客人都坐在桌上吃早饭，罗明却发现父亲不见了。后来，他在小沟里找到了父亲，父亲正在清理水沟，想把水引到稻田里去。

"都等你吃饭了。"

"你们先吃嘛。"

"天大的事，也要先把客人送走啊！"

父亲不再言语，扛着锄头跟着罗明回家了。放下锄头，他笑吟吟地坐到了桌上招呼着客人。一张宽大的花油布遮挡在两张四方木桌上面，虽然大家有说有笑，但小雨淅沥中的场景还是有些冷清。

罗明心中黯然，要是母亲在家，他的婚礼一定办得风光体面，绝不会这般寡淡。母亲得知后，很快赶回来了。她常常抱憾没有为儿子操办一场像样的婚礼。

24

"请你回村帮忙处理。单位派不出别的男同志了。"

雨,一夜未停。又是一个月底,罗明想趁这个雨天好好在家休息一下。早上还没有起床,他就接了一个电话,有车送王小君到帮扶村去。

派一个男同志陪女同事同去下乡不足为奇。老赵今天请假了,另一个是李姐,其他科室抽不出人来。罗明正好在驻村,领导觉得找他正合适。罗明心里疑惑,时间不前不后,又下雨,王小君为啥要到村上去?

"要得,我回去嘛。"他爽快地答应了。

放下电话,罗明便与王小君取得了联系。原来,她帮扶的那户老人去世了。作为帮扶联系人,王小君想去悼念一下,如果她的儿女不能及时赶回家的话,她还要请村委会帮忙料理后事。

约定好上车地点,罗明对素芳说,今天要回村里去。她正在涂、揉、拍……罗明靠在主卫的灰色不锈钢门框上。

"你不是休息吗?"

"有一位帮扶的老人去世了,要帮忙料理后事。"

"你帮的那户?"

"王小君帮的那户。领导安排我回去。"

"咋不安排别人去?"

"村里的事儿,我该负责。"

"我看是你想负责吧。"

罗明觉得自己一身清白,无需争辩。素芳对自己有了防范之心,是因为一年来自己冷淡了她。但他一时又不知从何说起,心情一点一点沉重,窗台上的雨滴声也越来越大。素芳捧起一大把水,使劲儿扑在自己脸上,顿时水珠飞溅,罗明感到脸上有几丝冰凉。

素芳用压缩毛巾快速擦干脸上的水,刚要转身,发现罗明还站在门口,她杏目圆睁,低吼一声。

"滚——"

车子停在北门广场旁,右转弯灯不停地闪动着。王小君一袭黑衣,撑着一把黑伞,从巨大的金牛雕塑的基座下奔跑过来,积水里倒映出一串滚动的圆圈。

收了伞,钻进车里,她用纸巾擦拭了衣服上的水珠,开始整理被雨水淋到的头发。

"这么大的雨,明天去不行吗?"

王小君回头看了罗明一眼,顿时变了脸色。

"能行吗?这是人生大事。"

"今天雨大,路上注意安全。"

罗明讨了个无趣,只好无话找话。司机是一位三十多岁的胖男人,穿了一件黑色的无领 T 恤,一件黑色的外套挂在座椅背上。

"放心吧。今天到扶贫村吗?"

"嗯。走吧。"

王小君一副急匆匆的样子，恨不得马上赶到现场。

"那是该去，你们干部有责任。现在的农民都是国家手心里的宝，国家把他们照顾得多好啊。"

司机和王小君一茬接一茬地说话。罗明坐在后排，一声不吭。车子水淋淋地行驶在山道上，轮胎碾起的水瀑喷出老远。

死者叫张富琼，上次王小君和罗明给她洗头的情景历历在目。来到灵棚前，两人并排站着，深深三鞠躬。老人的儿子下跪陪着，起身后又准备下跪向二人施礼答谢，罗明赶紧伸手扶住他。

"你好久回来的？彭长兴。"

"我昨晚赶回来的。"

"你还快哟。"

"我坐的飞机，然后喊车到机场来接的。现在老家的交通便利。"

"都准备好了吧？还有什么需要我们帮忙的，你说。"

"谢谢你们。下这么大的雨，你们都来了。"

帮扶了几年，两人见面的时间并不多，电话中的交流倒是不少。每个月，王小君都要给他打电话，询问在外务工的情况，也把他家的情况通报给他，说起话来，自然有一种熟悉的感觉。罗明却似一个外人，一句话都插不上，忧伤雨雾一样笼罩在他心里。下次，档案袋里老人的名字后面要添加一行字了。

这又是一个令人多么痛苦的教训啊。

他眼前一片潮湿。透过密密的青杠林,他看见远山苍茫,沉重地压在一条小河上。他听不到河水流动,就像听不到一条血管响动一样。耳畔只有山风不息,声似呜咽。

"都说农村人的日子好过,哪里好过了?"三社社长刘显能挨过来说话。看着大家一脸疑惑,他故意提高了嗓门:"得个高血压,人就走到这条路上来了。"

"你们不是成天宣传,农村人吃的是绿色食品,吸的是负氧离子吗?按道理,这身体应该比城里人好啊,为啥普遍没得城里人活得长呢?"有人凑过来。

"农村人活路多,不像城里人。干重活,不把油盐吃重点,身体吃得消吗?"

"我看还是怪现在条件太好了。以前穷,一年吃不上几回肉,城里人一个月定量二两盐,身体素质也不差。现在生活条件好了,反而啥病都有了。"

"谁说不是呢?"

"条件好了也要注意饮食习惯。不能海吃海喝,也不能高盐高脂。要养成健康的生活习惯。"罗明看大家说得热闹,正好可以宣传"三减""三健"措施。

"罗书记,道理我们都懂,实际上不好整。单位上班早九晚五,准时准点吃饭休息。农村人要做活路,就不得行。比如,挖院子边上这块田里的红薯,晴天半天可以挖完。今天正好下雨,可能就要大半天。原先中午十二点就能准时回家吃饭，今天就不得行。"

刘社长的话呛得罗明一时语塞，腾地红了脸。

"摆龙门阵嘛，轻轻说话不费力。"村主任刘显强及时圆场。

"我是个粗人，说话直，请罗领导谅解。"

"哪能呢。"

口上说得轻松，罗明心里还是有些不舒服。这一天，他遇到的尽是些不愉快。转念想想自己和父母在农村的生活经历，的确如此啊。

吃过晚饭，雨还在下，村里来帮忙的人早早回家了。王小君执意要等到明天早上老人下葬后才回城，罗明只好在一旁闲坐等着。又忙了几个大转后，王小君才红着眼圈，走过来坐下，不时伤心地叹一口气。她没有心思跟大家闲聊，一天的忙碌和悲伤，让她十分疲惫，慢慢地，她把头挨过来靠在罗明的身上。看到她一身疲倦的样子，罗明心有芥蒂，却不好意思拒绝。

可是，只要哪里有人喊帮忙，王小君就会惊醒，立即站起身来走过去搭手帮忙。事情忙完后，又走过来呆坐着，慢慢地又将头靠过来。夜深了，只有白事先生们在忙碌着念经做法事超度亡灵。在那抑扬顿挫的唱腔中，王小君睡着了。

25

大田村是一个高山村，植被茂盛，砂壤土质。但河水湍急，水土流失相当严重。四社的漫水桥成了一座随河床变化而不断改道的流水桥，每次建好，用不了几年桥基就被奔腾的河水掏空。下基脚的时候，掏得并不浅，可下面全是沙子，根本探不到可以牢固依托的结实土层或岩石。一栋三户人家住的瓦房，本来离河边很远，河水连年侵蚀冲刷改道，已经侵占到院坝边了，王小君的帮扶户就住在这个院子里。

罗明帮扶的是一位老人，鳏居在小河东侧的山梁上，他常抽空去看望他。车开到小河边就得停下来步行，那座漫水桥已经不敢再过车了。跳上几块大石头过河，转过一段被洪水冲毁的公路，才能来到老人的小院里。当初，老人享受了原址重建政策，房子是砖混结构，一个客厅，一间卧室，一间厨房，一个小卫生间，面积都不大。

罗明在屋子里转了一圈。床上的被子虽然整理过，但仍然掩藏不住凌乱，厨房里锅碗摆放还算整齐，灶脚下的土豆皮清扫得不够干净。客厅和卫生间相通的过道里，堆放着从地里挖回来不久的土豆，已经风干了，落了一地灰白色的泥沙。

"卫生整得不错哟。"

"腰痛，脚也不利落。不想收拾。"

"喊你儿子多回来看一下哟。你一个人住在这山上，有个头痛脑热咋办?"

"到时再说吧。"说罢,老人长叹一声。

两人在屋外院坝里坐着说话。面前是一面陡坡,坡上两棵大核桃树浓荫蔽日,挡住了视线。烈日当空,树荫下凉风习习。老人藏青色的长袖单衣里面是一件灰色秋衣,领口和袖口都已经发了黑。

"家里的洗衣机还在用吧?"

"这几天莫法用。"

"坏了?"

"莫得电。梁上那根电杆被水冲倒了。"

罗明抬起头来,顺着电线往山梁上望去,一根水泥电杆倾斜了,把电线拉成了弓。

"这几天晚上你是咋整的?"

"晚上早点煮饭吃,吃了饭早点儿睡瞌睡。"

"他们说的好久来整?下次有事给我打电话,现在我就住在村上的,你晓得嘛。"

"晓得。"

"我帮你问一下。"说着,罗明就打了一通电话。"他们说明天就来整。"

老人叫彭学武,有一儿一女,女儿外嫁了,他把儿子也像女儿一样嫁了出去,让他在陕南安了家。大山里穷,他不愿意儿女再在山里受累吃苦。原来,他和妻弟两家人住在这里。后来,妻弟一家搬到了聚居点,他坚持留在山梁上。

彭学武患有严重的风湿病，膝关节扭曲变形，行动不便。他还有腰肌劳损，经常腰痛得直不起来。他养不了猪牛羊，那些牲口天天都要去喂养，他做不了这些事情。

除了种些小菜、玉米和土豆，他还种了一亩多地的乌药，养了五桶蜜蜂。加上各种补贴、养老金等，收入刚刚能过温饱线，算是脱贫了。几年来，老人的收支账一直是这样算的，但罗明清楚，老人的生活过得还是很清苦的。倒不是缺吃少穿，主要是一个人生活艰难寂寞。往后，年龄越来越大，老人的日子会更加艰难。罗明常常为此发愁，问他为啥不跟儿女去住。老人摇了摇头。

"别人的家，住起来别扭。自己的屋子住起安逸。"

"老了怎么办？"

"死了，他们回来把我埋了就行。"

看到老人无奈而凄凉的表情，罗明不禁一阵感慨。这片山梁上，只有这位老人了。他自然也想到了父亲，心里涌起一阵悲哀和无助。他把两条胳膊紧紧抱在胸前，目光透过核桃树的青枝绿叶看向远方。蔚蓝的天空中漂浮着云朵，有一大片云朵遮住了火热的太阳，阴影就落在一个山头上。山风吹拂，他的背后生出了无尽的寒意。

"少喝酒，摔了没有人晓得哦。还有，吃淡点儿，你本身血压就高哟。要注意身体。"

"好，好。"老人坐在门前没有动，嘴里却不停地答应着。

起身告别老人，跳过小河，罗明来到小河边王小君帮扶户的院坝下。以前，每次他都要和王小君到这边来看望自己的帮扶户。走的时候，他也要喊上她一路返回村委会集中填表算账。

"王小君，走了。"

罗明知道王小君能听见，只是还得等一会儿，她来了总有忙不完的活儿。有一次，头顶上的廊楼木板缝里出现一张稚嫩面容。

"叔叔，姐姐喊你上来等她。"

"哦？好。"

来到院子里，罗明觉得开阔了许多。房屋经过改造，显现出一些新色，拐角处的屋里十分热闹。

"婆婆，你再等一下，我去舀点热水来。"

"要得，你每次来了都忙得手脚停不住，从来没闲过。"

王小君挽起袖子，正在轻轻揉搓着一团花白的头发，满手泡沫。见一个影子闪进屋内，她没有抬头。

"把那个水壶提过来，兑点冷水，帮忙淋一下。"她一口气安排一大摊活儿。

罗明佝着身子，双手提起水壶。水壶有些重，他又担心水淋到老人衣服上去了，两只胳膊颤颤巍巍地抖动起来，那根细小的水柱也就时断时续地跳着。

"好好淋嘛。一个大男人，还提不起一壶水吗？"王小君嚷道。

"你这张嘴啊，我担心你咋嫁得出去哟。"沉闷的语音顺着高粱色的绒衣领里冒上来。

"嫁不出去，我就照顾婆婆一辈子。"

"哎哟，我要是有那个福分，死了也闭得上眼睛啰。"

两人聊得亲热，罗明一语不发。有了他的帮忙，王小君很快帮老人洗完了头。她扯过一张毛巾，又开始擦拭老人头发上的水。

"不能到外面吹风哦，莫弄感冒了。"

老人抬起头来，看了一眼罗明，不停地夸起王小君来。她摸过拐杖，弓着腰，向火塘边的板凳挪去，又用袖子抹了一下板凳上的柴灰，示意罗明坐下。她用拐杖捣了两下，塘里的火便一明一暗地闪耀起来。王小君忙着收拾水盆，又把毛巾放到屋外的水管下去搓洗。

"小君乖巧，对人好，讨人喜欢。"

罗明嘿嘿地傻笑："老人家，你这脚是咋的？"

"医生说，盐吃多了。"

那时罗明还不太理解："盐吃多了，也会中风？"

老人又说："盐吃多了，得高血压。前年出现过一次脑出血，幸亏抢救及时，但这腿落下毛病。口味轻了，没力气干活；重了吧，它又得病。哎，这就是命吧？"

王小君拎着拖把走进来，把地板又拖了一遍，屋里顿时充满了一股湿润的鱼腥味。忙完了，两人才出门并排向村委会走去。老人扶着红漆门框，有些不舍和悲伤。

"你对老人家才好哦。"

"我也是农村出来的嘛。她儿女都在外面务工,家里只有她和一个小孙女,看着可怜。既然来帮扶,就好好帮一把嘛。"王小君说得很动情,"我母亲就有高血压,降压药一次都不敢断。所以,我时常不放心啊。"

现在路过,罗明只能站在河边停顿片刻,几个大步跳过了小河赶紧走开,他不忍看见这栋没人居住一天一天冷清下去的房屋了。

26

罗明不知道父亲是什么时候跟大娘生活在一起的。

罗灵得知后十分生气。妈妈走了才一年,你就把她忘了?你不知道以前她跟妈妈吵过多少架吗?见自己反对无效,她又给罗明打电话。罗明不想接听她的电话,但电话顽固地响了三四遍,只好接了。

"上次爸爸到你那里去,你咋不劝他一下呢?"

"劝啥?"

听完罗灵的述说,罗明才知道这件事。他打心底里不反对这件事,但没有表态,他不是怕父亲有了别的女人,只是担心好景不长。组合家庭,搭伙过日子,免不了会各顾各的家,早晚会生出事端来。

有人劝父亲,满堂的儿孙不及半路的夫妻。城里待不住,一个人又孤单,两个人生活在一起,能吃一口热饭,早晚有个人说说话，头痛脑热的时候，相互之间有照应是好事。堂嫂的儿女们也说，只要两位老人晚年生活得好，他们没有意见，并约定"生老病死，双方儿女各负其责"。父亲这才动了这个心思，只是不好意思给儿女们说。堂嫂认为既然挑明了这层关系，也就不用躲躲闪闪了，她经常喊他过去吃饭，有了活儿也一起做，一来二往就组成了一家人。

儿女的担心不是没有道理，父亲和大娘很快起了矛盾。那天，他们正在吃午饭，窗外传来一个女人的声音。

"我到处找你，你在这里吃饭啊？"

同一个地方的人，大家不用看都知道是谁，来人是堂侄媳杨桂英。大娘放下碗，起身准备跟她打招呼，却听见父亲说："她喊我吃的嘛。"

"什么叫我喊你吃的？远近的人都知道，你跟我在一起搭伙过日子，大半个月来，哪一顿饭你不是在我家吃？我喊你吃的？搞了半天，还是我自作多情了？"大娘黑了脸，转身进了厨房。

父亲却没有意识到自己说话有错，继续热情地跟杨桂英说话，还殷勤地给她端了茶。

"赶快吃，吃了帮我背一下苞谷。"

"打个电话就行。哪用得着专门跑一趟。"

父亲一边往嘴里刨饭，一边含混地说话。吃完饭，他把碗往桌上一推，就跟着杨桂英走了。见两人有说有笑地下了院坝坎，大娘气得把他那只碗使劲儿地砸在院坝里。

杨桂英跟父亲随和惯了,并没有在意。可大娘受不了。父亲跟杨桂英走后,她就收拾好东西去了大女儿家。晚上回家,罗中胜发现大娘锁了门走了,他觉得大娘小气,也就生了气,回了自己家。

父亲觉得没有脸面给儿女打电话。最先发现情况不对的是罗灵,她连着两次打电话,父亲都说在吃饭,自己煮的稀饭在吃。罗灵疑惑,你不是在大娘家吃饭吗?怎么自己还在家做饭吃呢?

"现在,我一个人过。"

"当初我就反对你跟她在一起,你还不高兴。这才好久,你们搞臭了?"罗灵说得直截了当。

"我又没有得罪她。无缘无故,她就生气了,还把我的东西扔了出来。"

父女俩在电话里聊了很长时间。父亲顺便把一年来的辛苦和委屈一一向女儿诉说。女儿回过头来又宽他的心。

罗灵给哥哥打电话,罗明一副有气无力的口气。

"你不能不管。抽空回去看一下哦。"

"哦。"自己能跟父亲说什么呢?父子俩说不上三句话准会吵起来。再说,当年母亲在世的时候,父亲不知道珍惜,如今她不在了,他应该知道过日子的孤独和苦楚了吧?而且,他至今还跟杨桂英藕断丝连,当年的传说难道是真的?罗明越想越生气。

27

  他也生妹妹的气。当初，母亲尸骨未寒，你不是急着要给父亲安排晚年生活吗？那你就去管到底吧。

  母亲去世后第三天夜里，罗明坐在木凳上为母亲守灵。罗灵走过来，一阵叹气。

  "现在爸爸一个人了，他咋办？"

  "没事。我们先——先把娘的事——事情处理好了再——再说。"

  罗明口上说没事，心里却极不舒服。赡养父母的事，当初不是有约定吗？罗明考上大学那年，父母想到他可能在外地安家立业，就商量着让妹妹留在家里当养老女儿。罗灵没有上大学，结婚比罗明早。丈夫钱林在家里排行最小，是本地镇中学的老师，父母已经不在了。逢年过节，婆家没有依恋，他们多数就回娘家来了。对父母的提议，两人也没有意见。父母名正言顺在镇上帮他们买了一套小房子，也请人写了份协议，罗明负责赡养母亲，罗灵负责父亲生老病死。

  罗明觉得，妹妹现在变了。

  母亲下葬后第二天下午，罗明和素芳正在整理家务，罗灵突然带了一大群人来，夫妻两人手忙脚乱地准备饭菜。吃晚饭的时候，罗明拎出两瓶酒来，放在桌上，罗灵连忙阻止。

  "今晚还有事。"

"这几天大家都辛苦了,还是少喝点儿吧。"

罗明又要打开瓶盖,罗灵又来阻止。"说了不喝就不喝,还开啥子?今晚有事。"

"有啥事?"罗明大惑不解。

吃完饭,大家被罗灵请上桌子,父亲坐在上首,他的右边坐着二爹,左侧坐着妹妹和妹夫。罗明坐在父亲的对面。

罗灵先说话。"今天晚上请大家来,就是商量一下父亲的赡养问题。"

她停顿了一下,把头一扬,用下巴指着罗明。"哥哥,你先说一下你的想法。"

罗明心里不快,装作没有看见。罗灵有些不自然,两眼盯着罗明。又问:"妈妈走了,爸爸今后的事怎么办?"

"你说怎么办?"

"你是当儿子的,你说怎么办?"

"我当儿子也做不了父亲的主,你也做不了父亲的主。让爸爸自己说,他想怎么办?"罗明说得很诚恳。

兄妹俩说话的时候,父亲的眼睛来回在他们之间逡巡。听见罗明让他表态,他收回目光,盯着桌子,手足无措。

"我——我个人——的想法,还是跟着罗灵去。当初——有——约定。"

他说得慢,似乎在下一次很大的决心。罗灵双臂枕在桌沿哭起来。父亲大感意外,问道:"协议还算数不?"

罗灵还在哭。

母亲刚刚入土，两兄妹就闹成这样，让人看笑话了。罗明心里怒火中烧，继而泛起了哀伤的神情。

"妈妈在世的时候，我认为哥哥没有尽到责任。现在只有爸爸一个人了，他当儿子的应该把这份责任补起来……"罗灵终于说话了。

"我们以前的确没有为娘尽到义务，我们有错，我们也有义务赡养爸爸。医药费共同承担，生活费我们出双份。"素芳抢着表态。

罗明回头看了一眼坐在身后小凳上的素芳，心里觉得这不公平，也有些怨恨素芳快嘴快舌。可是，他只能顺着妻子的意思说道："可以，医药费共同承担，生活费我们出双份。"

口上表态同意，可罗明心里弥漫着万分的悲伤。他觉得有些恍惚，房屋、院子、黑乎乎的山，还有蓝黑色的天空，都随着来回走动的人影飘动起来，耳朵里仿佛塞了棉花，里面回响着鼓磬之声，院子里的说话声含混而遥远。

罗明心里怒气涌动。

28

平时，村委会清静得像一座古庙。村支书刘德新知道驻村干部的难处，一有空闲就跑到村委会陪着罗明聊天。两人相处得久了，说起话就会推心置腹。

"要不是当这个村支书，可能我也早发大财了。"

刘德新有些遗憾地说，刚刚兴起外出打工时，他还是社长。那时，山上的年轻人都跑出去了，他也想去，可是家里老的老小的小走不开。老书记也劝他不要出去，说他是村里有文化的年轻人，办事公正，做事也有恒心，有心培养他当支部书记，他信了。两年后，他入党了，后来又当文书。又过了几年，老支书主动退位了，村主任当了书记，他就当了村主任。再后来，他又当书记。这一干就是几十年，把一辈子都耗在村上了。你说有多少丰功伟绩吧，莫球得；你说啥也没有干吧，一天到晚还忙得不行。

"你是大田村的大功臣啊。"罗明听得认真，说得也诚恳。

"你说，这人要是换一种活法，会是个啥样子？"

罗明摇头，不置可否。

刘德新递过来一支烟，罗明又摇头，然后起身给刘书记加满茶水。

刘德新继续说，当初和他一起上学的年轻人，有好几个都在外面混出了名堂，开始打小工，后来当包工头，再后来开公司，现在都是身价上千万的大老板了。开的好车，住的好房，生活条件也好，全家都搬进了大城市。唉，自己蹲在这山里面，有个啥，除了空气新鲜一点儿，你说还有啥？吃的不说，这些年也不缺，关键是子孙后代还要窝在山里，有时候想想，总觉得对不起他们。

罗明尴尬地笑着，再摇头，他不知道如何安慰刘书记，只好默不作声。

"也好，总算为大田村做了一些事情嘛。"

"你对大田村的发展立下了汗马功劳。大家都记得您。"

"没有那么夸张。你看你们这些驻村干部，如果不是响应政策，我们请都请不来。你们才不容易。"

刘德新话锋突转："家里都好吧？"

"好，好。"

"有啥事你就说。到了大田村就是大田村的人，需要帮忙，你就吱声。"看罗明回答得勉强，村支书怅惘的神情变得严肃起来。

"谢谢书记。其实也莫得啥子，只是一想起老家的事心里就不舒服。"

"哦。"

罗明知道村支书是个实在人，不仅是同事，而且是长者，就向他说起自己心里的苦闷。自从一年前母亲去世后，自己一直不开心，很多事情也看着不顺眼。本来一件好好的事情，稍不如意，自己就控制不住情绪，经常生气发火，搞得家里家外都不和谐。

"你还是没有从悲伤中走出来啊。想开些。"

"可能吧，我来当第一书记，推行'三减''三健'健康生活方式，跟我母亲她老人家有关。她就是因为这个走的。如果她还在世的话，该多好啊。"泪水在罗明的眼眶里打转。

"想开些。她是心疼你，才走得那么利落。当父母的都是这样。"

"哎，我就是心痛啊，有时真想哭一场。你说现在条件都好了，她老人家却走了。"罗明扯过一张纸巾抹了一下眼泪。

"哦，父亲在城里还是在老家？"

"在老家。说起他，我就有些生气。你说他一个医生，难道不知道这些病的危害吗？他咋不提醒我母亲呢？他们可是夫妻啊。他咋是这样的人呢？"

罗明说，作为医生，父亲是见过生死的人。那一年，他去帮助孕妇接生摊上了事儿。父亲赶到现场，检查了产妇的相关情况，宫口还没有全开，但胎位正常，顺产是没有问题的，只是需要一些帮助。之前，村里很多人都是他接生的，他对接生这个孩子是有把握的。

他要了热水和肥皂，反复清洗了双手，又用酒精擦洗消毒了三四遍，才开始帮助产妇降生。费了很大的劲儿，才让孩子终于落地了，一个肥嘟嘟的男婴，一家人高兴得不得了，父亲也高兴。

夜里，他睡得正香，却被突如其来的电话铃声震醒了。

"罗医生，不得了了。儿媳妇喊不答应了。"

父亲吓了一大跳，仿佛置身冰天雪地，手脚哆嗦起来，头脑却异常清醒。他不敢想象可能出现的后果。

赶到产妇家里，父亲仔细检查了一遍，发现她的瞳孔在逐渐放大，脸色煞白。她婆婆不停地呼喊着她的名字，可她一点儿反应也没有。父亲揭开被子一看，顿时被眼前的景象惊呆了。产妇屁股下面一大片乌红色的血迹，连褥子都浸透了，睡裤上也凝结了许多血块。

产后大出血。产妇已经昏迷多时。

父亲知道这个后果很严重,他立即拨打了镇中心卫生院的电话。院长得知情况,十分震惊,在急忙赶来的救护车上,不停地给他电话了解情况,同时,责问他为什么要私自接生不报告。

救护车在乡村公路上跑得并不慢,可它还是迟到了。

很快,父亲被卷入到了一个巨大的旋涡中。他赔了一大笔钱,罗明出了一大半。

母亲去世后,罗明却常常想起这件事。按说,母亲出现状况后,父亲首先应该想到的是打120急救电话,而不是自己急救,他是医生,他应该有这个常识啊?

村支书听了罗明的话,头摇得像风中的一团枝叶:"你肯定是误解他了。"

"我是不该怀疑父亲,可心里老是疑神疑鬼的,过不去那道坎。"

"罗书记,说了你莫多意。可能你对你父母不太了解,也可能对农村夫妻之间的感情不太了解。他们不像城里年轻人,一定要把关心体贴说在嘴上,走路都要手牵手。农村人的感情来得粗糙,你别看他们又打又骂,但他们之间的感情能管一辈子。"

"书记说得有道理。可到了我这里,咋就想不通呢?"

"抽时间,好好跟你父亲交流一下,多站在他的角度上想事情,可能就不一样。"

"可能吧。"

29

山里,冬天的早晨格外寒冷,城里人还穿着毛衣单裤只要风度不要温度的时候,山里人早就穿羽绒服了。地上全是明霜,青菜叶上敷着一层薄粉。离过年还有一个多月的时间,外出打工的人还没有回村,山里显得很冷清。加上没有多少事做,人们都睡得早起得晚。

罗明拥在被窝里翻看手机。这几天难得空闲,他想好好休整一下,说不定哪天又有事呢。

村委会院子里有人拖着脚步走过来,软底皮鞋把水泥地面摩擦得沙沙作响,声音不大却很刺耳,像一簇针前后不一地往耳心里扎。他将手机熄屏,认真听了一会儿,他确信是有人过来了。脚步吧嗒吧嗒上了楼梯,不一会儿,又走近了他住宿的房间,还是轻手轻脚的。脚步在门口停下来了。谁啊?他到村委会来干什么?罗明侧耳静听。很快,脚步又走开了,似乎到了楼梯口,又停住了。静了一会儿,脚步又朝这边走过来了,到门口停住了。

罗明心里狐疑:"哪个?"

"我。"门外回答。

"你是哪个?"

"书记,还没有起床啊?"来人自信罗明能听出他的声音。

"啥事?"

"有点事。"

罗明披上衣服,翻身下床,掀开窗帘一角,看到外面一片光亮,远处山峦上的雪迹又向下延长了一大截。最近的雪线,已经到了山坳北边一栋砖混结构的屋顶上,山岗上的栎树在寒风中摇荡。这并不是梦幻之境,的确是大田湾的早晨。

打开门缝,一个肥胖的灰色熊影站在面前。罗明吓了一跳,本能地想把门掩上,却被死死顶住了。看见那个灰影头上戴着一顶鲜红的摩托车帽子,罗明很快反应过来,那不是一只灰熊而是一个人。这里有泛滥成灾的野猪,也有到田里来吃麦苗的兔子,但还没有听说过有戴头盔的灰熊。

"神神道道的。干啥?"

"方便不?"

"你啥意思?我还金屋藏娇哇?"罗明哭笑不得。

来人穿了一件"毛猴"外套,是一件外面有灰色长毛的保暖抓绒衣服。走进屋来,取下头上的摩托车帽子,又解开扣得严严实实的领口,罗明才看清来人是三社社长刘显能。

"这么早?有啥事?"

刘显能抹了一下眼睛,又揉了一下鼻子,才取下手套,两手不停地搓着,四处打量着罗明的卧室,像是努力发现新大陆。

"你好好看,看藏的什么人没有。"罗明有些好笑。

听罗明这么一说,刘显能笑了:"年轻人,有也正常嘛。"

"搞了半天,大清早跑来是抓奸捉赃的?"

"是啊,没有找到证据。"他嬉皮笑脸的。

"欢迎同志们监督。"

"你好久都没有回城了,不想家吗?"

"你什么意思?"

"我是关心领导嘛。"

"少来这一套。你肯定有什么事嘛。"

"莫得,真的莫得,就是今天晚上想请你过去吃个饭。"他看了罗明一眼,悄声说,"我整了一条羊腿。晚上我们炖萝卜。"

"莫把事情整那么复杂,我头痛。有事你明说。"

"罗书记,你放心,真的没有事。"

罗明来村里半年了,刘显能很少请大家吃饭。这次偷偷摸摸地跑过来请自己,要说没事,鬼才相信。

"晚上恐怕没有时间,我约了村主任下午到六社查看村公路。那路也该清理了。"

"不可能住在山里嘛,总要回来吃饭啰。"

"很晚了。"

"再晚我都等你。"

罗明看出,如果态度不鲜明一点,刘显能不会善罢甘休。

"刘社长,虽然你不是党员,但你是一名干部。你这样做,是要我违反纪律啊。"

"哪个晓得嘛?"他低声说道。

"我自己晓得。要请,你就请村两委班子。单独请我一个人,算哪回事呢?不怕别人背后说闲话?"

刘显能低头一声不吭,又坚持坐了一会儿才站起来径直出了门。罗明跟出去喊道:"早饭吃了才走嘛。"

"哪个敢吃你的?我怕别人背后说闲话。"门外传来粗重的呼吸声。

下午的阳光斜射下来,像是扔给大田村一床温暖的被子。霜已融化了,菜叶也被清洗了一遍,显得更加洁净碧绿。盘旋在山间的公路上,散落着枯黄的栎树叶,风一吹,沙沙作响,不停地翻滚着,像是一张飞动的魔毯。

沿着公路,罗明和村主任刘显强一路排查下来。有些地方的排水沟被泥沙和落叶填埋了,有些路段荒草披覆,树枝长长地向路面伸过来,公路窄了,一拐弯就消失在枯草乱木中。

"趁这几天空闲,把路清理一下。"村主任刘显强一边走一边说。

"要得,动员大家来清理吧。"

"村上有公益岗位的人员专门在负责管护。"

"我们找他商量一下嘛。"

日暮时分,两人来到了公路管护人员刘显福家。得知来意后,这位六十多岁的老人说,路面的清洁和清理工作该他负责,他明天就动手。但被雨水掏空的堡坎、涵洞,不是他负责的事。再说,他一个人也不得行,何况还需要水泥沙子才能修补起来。

"明天开始,你负责把公路边上的杂草、树枝清理了。打工的要回来了,现在回家开车的人也多,把公路亮出来,欢迎他们回家过年。"

"要得。我孙子今年带女朋友,也要开车回来。你们两位领导就放心吧。"

"水掏空的地段、泥沙堵了的排水沟,动员大家先用石头填一下,开了春,再找施工队来修补。"

刘显强把工作安排得井井有条,罗明心里佩服。

村里青壮劳动力并不多,村两委动员村社干部和党员参加清理修整工作,这样的话,三天时间就能完工。

刘显能第一天没有来,罗明悄悄问村支书,要不要给他打个电话。村支书正在把沟里的泥沙往树林坡上抛洒,每抛一铲土,树林里就传出一阵爆响。

刘显强也在一旁铲沙。他扬出一铲沙土的时候,脸正对着罗明。"莫管他,他就是这种人,做啥子事情都要摆个谱。你不理他,他啥事没有。你一过问,他倒来事了。"

三人继续埋头清理排水沟里的沙子。不远处,一群老人边干活边说话,爆笑声不时响成一片。孩子们在路上跑来跑去,冷风把他们的脸吹得热乎乎的。

刘显能是第三天中午来的,他扛了一把锄头走到那群老人旁边,见他们正在吃力地搬一块石头,便扔下肩上的锄头,一下子抱起那块石头,两肩用力一耸,将它稳稳地搁在了堡坎上。

"这都整不动了？德胜老汉，我看你硬是老得没用了。再好的东西摆在面前，你都只能看啰。"

刘显能拍了拍手上的泥沙，大声大气地说话，好像他搬起那块石头的功劳，不仅可以抵消他两天没有来的亏欠，而且比其他人的功劳还要大得多。

"黑牛子，你娃儿莫大莫小的，当心挨打哦。你到我这个岁数，你不光只是看，还要哭哟。"

刘显能一脸兴奋径直向村支书这边走来。他挂着锄头看着大家干活儿，一言不发。大家也不跟他说话，只顾埋头干活儿。好半天，他才无趣地加入劳动中来。

"这狗日的路，年年都要清理几次，烦死人了。"他抱怨起来。

"家里的事都忙完了？"村支书问。

"哎，书记，前天我刚出门要过来的时候，么爹要我去帮他砍几根柴，我兄弟和他女子要回来过春节。一忙就是两天，今天一结束我就赶过来了。"

"这么早就准备过年了？"

"那个女子找了个男朋友，今年要带回来过年，准备订期结婚。"

"我记得那个女子还小嘛。这么快要结婚了？"

"男方准备到女方来安家。就是居住条件有限，他们还在犹豫。"

"男方是哪里的？"

"福建那边的。"

"那里的条件那么好，他愿意到这山上来住？"

"听说也是山里农村的。"

"哦。"

村支书和罗明对了一下眼神，再也没有把话往下说，埋头用力地使着手上的家伙。

30

乡村振兴过渡期间的检查考评也比精准扶贫时少了许多，按说村社干部也该很清闲了，但产业发展、基础设施维护等矛盾还是不少。不少家庭的产业发展萎缩了，个别家庭甚至出现了全面歇业的情况。大家都明白，如果不发展产业，很多家庭将再度返贫。"乡村道德银行"第四季度的考评增加了"健康生活"的内容，也是首次考评，所以年终岁尾的工作繁重。

"摸一下底。"

村支书在村两委会议上说得云淡风轻，话音一落，他顿了一下，然后一仰脖子把茶杯里的水一口喝干，再重重放在桌上。他转头对罗明说："请帮扶单位的干部来帮忙调查了解一下产业发展的现状，尤其是在外务工家庭的情况。村两委要帮助大家继续发展产业。罗书记还要牵头把'乡村道德银行'的考评整好，推行'健康生活'的第一把火一定要烧好烧旺。"

罗明连连点头："好的。好的。"

会后，罗明开始忙碌起来。他先给单位分管领导打了电话，把村上的工作简要汇报后，把村两委会的意见也做了汇报，请单位的干部职工帮助调查几件事情，尤其是精准扶贫后的产业发展和增收情况。随后，他又把"乡村道德银行"考评组的人员召集起来，准备开一个短会，安排布置考评工作。

"大会开了开小会，一个会接一个会。哪有这么多会哦。我还有活路要忙。"接到罗明的电话，刘显能火冒三丈。

"刘社长，你有意见可以提，但还是请你来开会。村两委会决定让我来负责，我就该牵这个头。再者，'健康生活'是今年新的考评内容，大家讨论一下嘛，在考评中也好操作嘛。"

"今天莫空，不得来。"

"实在莫空，你可以请假。你这个态度就要不得。"

"你要啥态度？还要我写个请假条，恭恭敬敬跑到你那里来签字同意吗？"

"刘显能，请注意你说话的态度。这是工作，不是找你办私事。"罗明心里急成了一片火海。

"就你，也办不到啥事。"刘显能针锋相对。

"你想办啥子事？只要合理合规，你就报过来。"电话这头的声音也大了起来。

"合理合规，我还找你个屁。那不是脱了裤子放屁，多此一举吗？"电话那头的声音也不示弱，站在罗明身边的人都能听得见。

尽管有人缺席，会议还是如期进行了。

"'乡村道德银行'考评搞了很多年，大家都是专家了。只是'健康生活'这一块，大家要留心，争取尽快摸索出一套经验办法来。今天开会，也请大家畅所欲言，预想一下可能存在的问题和困难。"罗明招呼大家不分主次地围坐在一起。

"第一次考评，大家摸不着头脑。我觉得主要是凭平时掌握的情况和印象来打分。"

发言并不积极，大家都感觉是老虎吃天，不知道从何下口。

"这样吧，我们先下去转一圈，有必要的话，我们再坐下来讨论。"

看着众人离去，罗明呆坐在会议室里，刚才和刘显能争吵的情形又浮现出来。自己做得对吗？他对自己的工作安排产生了怀疑，刚才还巍然屹立的凛然气概，像屋顶上的雪一样在阳光下慢慢消融。

刘显能本性不坏，但他的所作所为，不是一个干部最起码的风范和标准，有利于自己的事情挖空心思争取，与自己利益不大的事情想方设法推脱。想着，罗明心中那团火苗又烧起来了。

罗明恨这些人，就像恨自己父亲一样。他觉得，农村的人和事，似乎永远没有是非对错，始终都是一种模棱两可的状态。想到这里，他鼻息粗重，甚至有些怒不可遏了，他站起身，狠狠将手头的笔记本摔在办公桌上。房间里回响着金属一样的嗡鸣。

下午，罗明到镇上买了一些肉菜回来。明天，单位干部职工要到村上来开展帮扶工作，他还要请人来准备大家明天的午饭。这些年来都是村上安排午饭，事后再回单位去报账。

晚上，参加考评的人员陆续回来了，罗明边听边在笔记本上记录着大家反馈的情况。反映得最多的问题是，考评只能靠印象打分，大家担心群众不服气。盯着白纸上的黑字，罗明一时也想不出更好的办法。

他给村支书打电话汇报了考评遇到的问题，想请教一下解决办法。可是，书记说不要急，时间是解决一切问题的最好办法。农村工作和机关事业单位的情况不同，许多事情无法定量考评。建议第一次考评尽量少扣分，让大家先适应一下，以后再逗硬执行。

罗明嘴上答应，心里却不太服气。任何事情都是有标准的，怎么不能定量评判呢？黑就是黑，白就是白，对就是对，错就是错。一切事情都该汤清水白，不然，那不都是糊涂事吗？办事的人不都是糊涂之人吗？照这样干工作，还用得着努力吗？

心里装着怨气，脑子里装着问题，山里的风也不甘寂寞，天气似乎突然变得不太寒冷了，整晚上，罗明肚子里的气默契地配合着他不安的思绪，不停地涌动翻滚着。开始，他感到自己有点儿发烧，躺在床上辗转反侧不能入睡。慢慢地，他感到有些冷，他想起床关灯，又担心一动把少得可怜的睡意搅没了。后来,他不知怎么睡着了。

早上醒来的时候,已是天光大亮了。他急忙起床做饭吃,今天又要忙一整天。

31

上午十点半,一辆客运车驶向村委会院子。车门刚打开,院子里就是一阵喧闹,罗明立在一旁迎接同事们的到来。

老赵显得特别亲热:"书记,你辛苦了。一个人在这山上守活寡,受得了不?"他就像大领导会见群众一样,热情地伸过手来,紧紧拉住罗明的手,又使劲儿地摇了摇。

"今天办公室忘了一件事。"他回头找到王小君,大声喊道,"王主任,王小君,你这个领导不负责任哟。"

"咋不负责任了?"王小君一脸茫然。

"你该把罗书记的老婆也请上来嘛。人家两口子好久都没有见面了。"

"你咋不请啰。你也是办公室的同志啊。"

"老了,早就莫得想法了。不像这些年轻同志。"他用力拍打着罗明的肩膀,"你看这些年轻同志,呼吸的是新鲜空气,吃的是绿色食品,身体好着咧。"

人们都被他们的说笑吸引着,你一言我一语,添油加醋地把某种意思无限地延伸开去,院子里笑声不断。下乡开展帮扶工作,对大家来说也是一种放松,平时难得这么自在开心。

罗明把大家召集到会议室里，给每位干部都分发一张表。他给大家讲解了入户走访的内容，主要涉及"一超六有"和就业保障、残疾保障和养老保险兑现落实情况，共九大项。

"请大家特别注意一下就业保障这一块，其他的都没有多大问题。这一块，村上有掌握，培训是搞了的，春节前外出务工的人员回来了，我们还要集中搞。请大家详细了解一下他们发展产业的情况和明年的产业发展规划。莫得这一块，稳定脱贫就有问题，就要想办法来解决。另外，还要算一下账，看年人均收入能不能达到6000元的全省标准……"

小车、摩托车在山道上奔跑，满山枯黄，不时有常青的树丛或草丛跳入眼帘。大家利用各种交通工具分头奔自己的帮扶户而去。山里，到处都是热闹和新鲜。

张局长联系的帮扶户在三社。他在半道下了车，罗明也跟着下车。帮扶了很多年，大家像家人一样熟悉自己的帮扶户。红叶铺满山路，两人的脚底响起了落叶翻卷的声响。看着山林的一切，张局长长长出了一口气，又深深地吸了一口气。

"好安逸。"张局长仰头往上望，天空蓝得像是官窑里的青瓷。"真想大吼一声。"张局长偏过头看着罗明，那目光充满询问。

"吼。我们一起吼。"罗明说完，又清了清嗓子。

"噢——噢噢——"一股单调而粗壮的声腔回响在山林里，惊起了在林间穿梭的山雀和竹鸡。很快，山那边也传来了应和声。间或还有男女声混合奏。此时，山间不再寂静。

张局长的帮扶户原是村里最贫困的一家。刚开始，过年连猪肉都没得吃。精准扶贫几年下来，日子过得算是滋润了，今年圈里养了两头大肥猪。刘家老汉年过八十，走路比前几年还要稳当利索，他指着两头肥猪给张局长说："今年全部杀了吃肉。"

"你吃不完嘛。"

"不怕的，慢慢吃。腊肉放几年都没事。"

"腊肉不能吃多了。"罗明说。

"哪个说的，肉还不能吃多？以前，想吃还莫得呢。"

"刘社长给你们讲了的嘛，要健康生活，不能多吃盐，肉和糖也要少吃。"

"要他讲啥？我活到八十岁了，还不知道啥能吃啥不能吃了？"

"村上要考评哟。"

"让他们考嘛，评嘛。"罗明看见老人浑浊的眼睛里闪动着一丝寒冷的雪光。

回来的时候，送其他人入户的车还没有返回。两人坐在堆满落叶的地上，兴致都不高。罗明干脆躺在地上，望着晃动的蔚蓝天空，眼睛里空洞洞的。张局长背靠着一棵栎树，拔起一根枯黄的草茎放在嘴里反复嚼着，不时吞着口水。

"好吃吗？"罗明看着他的喉头偶尔在滑动。

"好吃啊，有青草味儿。别看这些野草，可是消食的好东西。"

"不可能。"

"你不信？特别是牛肉吃多了不消化了，咂干草吞口水，就会帮助消化。"

罗明摇摇头。

"你想啊，牛是吃什么的？吃草吧？它有消化不良的时候吗？小的时候，生产队杀了牛，每家每户都会分一点儿牛肉。那时莫得冰箱，只好都做了两三顿吃完。小孩子不懂事，吃得多。吃多了口渴，就从缸里舀冷水喝，肚子胀得像一面鼓，大人就去抽两根干稻草来喊我们使劲儿嚼，再把那个口水吞下去。现在说起来，好多人不信，吞下嚼稻草的口水，肚子很快就不胀了。"

罗明听得瞪大了眼睛，农村的事儿真奇妙啊。

"怎么样？还习惯吧？"张局长问。

"习惯。我小时也是在农村长大的。唯一不习惯的就是农村待人处事方式，和单位不一样。"罗明向他讲述了自己和刘社长在电话中的那次争吵。

"你虽然生长在农村，但没有直接处理过农村的人情世故。现在感受肯定不一样，你要多向村干部们请教。再说，工作中有争吵，也是正常的，不要放在心上。"

"请张局长放心。"

"驻村干部最大的优势在哪里，你知道不？除了政治理论素养，一个重要的原因是在村里没有利益瓜葛，有利于放开手脚想事干事。只要你公平公正公心，就不用怕。"

"有时感到孤单。"

"有组织你怕啥。有事就给我打电话嘛。另外,我也多句嘴,平时要多给家里打电话,一个男人不能光干工作不顾家庭,两头都要兼顾好。村上还有事没有?下午跟我们车一起回去吧?"

"不行啊。村上还有好多事情走不开哦。"

夜里,罗明想起给素芳打了电话,彼此都聊得冷淡,深一句浅一句的问答间,反复出现了许多省略号。恋爱时两人之间轰轰烈烈的感情火焰,正在一点一点熄灭,只是和女儿通话时,他才有了一些激情和感动。

"抽空给爸爸打个电话。他每次给我打电话都要问你。"素芳有些黯然。

罗明沉默了许久。"没事,你也要多注意。"

"我没事。你要少喝酒,别感冒。"

32

从调查和考评的情况来看,大田村产业发展的形势并不乐观。绝大部分村民把产业发展的希望寄托在外出务工上。家里劳动力多的,外出务工的收入的确可观。可是,没有劳动力的家庭,即使外出务工也挣不了几个钱,发展家庭产业和就近务工,仍是这一部分人增收的主渠道。

"乡村道德银行"的考评,也出现了预想得到的尴尬:大家都反映，这次考评很难打分。状况出在"健康生活"部分。

问题似乎越来越多，在罗明脑海里不断增长。开始，像一个气球，他一动念，气球就会快速膨胀，把他的头脑胀得晕乎乎的。转念之间，气球又变成了一把锥子，在他脑袋右侧使劲儿钻，仿佛那里要生出牴角来。随之而来的是头痛欲裂，他用拳头用力捶打着，可不管用。他倒了一杯热水，刚一沾唇，就吐出老远，自己痛麻了，没有注意到开水烫嘴。

"头痛得要命，像念了紧箍咒一样。快来给我整点儿药。"

村医刘能元骑着摩托车赶来了。简单问了一些情况后，就从瓶瓶盒盒里倒出各色药片。"偏头痛。这是急火攻心，造成脑神经和血管紧张产生的痉挛。先整三顿的药，吃了再说。这个病，关键是精神要放松。"

说完，他倒了一杯开水端来晾在一旁。"啥子事嘛，急成这样子？"

"还不是'乡村道德银行'考评的事。"

"嗨，我以为多大的事呢？急，你就能解决了？"

"我就是担心啊。"罗明气喘吁吁。

"慢慢来。工作不是急出来的。"

听说罗明偏头痛，村支书让家属熬了绿豆稀饭，打电话让他过去吃。看见罗明一手按着脑袋走过来，每走一步都痛得嘴巴一歪，她吓了一大跳，赶紧端出一碗凉到刚好的稀饭来要他吃。

"为了村里的事，看把你急成啥样了。"她一脸痛惜的表情让罗明十分感动。母亲走后，没有人这样关心过自己了。

刘书记放下手头的活儿，点燃一支烟坐过来看着罗明吃饭。"考评的事？"

"书记，你说这个事情咋整。我就害怕整得不好，让别人笑话不说，以后工作不好推进。"

"看来你还是年轻啊。再急，也不是这样急的嘛。"

"能不急吗？"

"有些事情，急也没用。你这样想，管那么多干啥，又不是我一个人的事就对了。"

刘书记说得自然而然，罗明却一脸茫然，他怀疑自己听错了。

"遇事不能硬碰硬，要学会迂回战术。遇到事情就硬上，那还不把自己碰得头破血流啊。这是一个方式方法的问题。"

"哦。"

"再说打分的事，第一次考评出现状况是正常的，毕竟是一个新事物嘛。有问题就解决问题嘛，现在不好打分，我们就稍微往后拖一下，在恰当的时候再讨论个能打分的办法就是了。当然，我说的'往后拖'，不是不管，而是要寻找一个好的机会，跟打仗一个道理，要寻一个好战机。"

"书记，你……"

"依我看，眼下就这样处理吧。对明显有问题的，扣分；对明显做得好的，加分；中间的，也就是不好打分的那部分，不扣分也不加分。"

"可是这样的话,效果会不会不明显?"

"几千年流传下来的习俗,不可能靠一个办法马上改掉,也不可能靠三四个月时间来彻底改掉。"

罗明轻轻点头。

"龟兔赛跑的故事,从小就听过吧?"

罗明又点了一下头。

"最后谁赢了?"

"乌龟。"

"为什么它赢了?"

"因为它执着、坚持。"

"还因为,它慢。"

"慢?"

"对啊。如果它跑快了,那不是和兔子一样了吗?"

听了村支书的一番话,罗明深为感叹:姜桂之性,老而愈辣。今后要好好跟老干部们学习啊。

按照村支书的办法,"乡村道德银行"的评分很快公示出来了。罗明的头痛病也好了一大截,有一种初战告捷的轻松和喜悦。村委会办公室的电脑里传来轻快的歌声,他也随着旋律轻轻地和着。

歌声里有一种不同的声响。罗明开始根本没有感觉到,直到一首曲子结束了,他才发现是自己的电话铃声,三社社长刘显能打来的。自从上次电话中吵架后,他俩一直都没有见面,彼此都在躲着对方。

"你们这样整，要不得哟。"刘显能的口气软和，不像吵架时那么火暴。

"老刘，有话好好说。啥子事情？"罗明换成一副好脾气。

"你发在微信群里的公示，我看了，我觉得你们这个打分就是在和稀泥。罗书记，你攒那么大的劲儿，最后搞成这个样子。我觉得，你也对不起自己嘛。"

"老刘，你有什么好办法？"

"我莫得啥子好办法，既然是考评就该逗硬，不能讲人情，该扣分的就一定要扣分。"

"现在还没有具体可操作的标准，我考虑，开始还是不要搞得太过了。"

"你肯定是听了刘德新的话。他，做啥子都像个瘟牛，慢腾腾的，从来没有利索过。听他的，你能干成啥事？"刘显能语气变得重了。

"老刘，话不能这样说。他稳重也是有道理的。"

"按他那样，大田村啥时才能振兴，脱贫攻坚成果能保住吗？"

"刘社长，话不能乱说哟。"

"好好，我不说，我也不来搅和了。那你们整嘛。"

"我不是那个意思。我是说……"罗明的话还没有说完，那头就没有了声音。

罗明关掉音乐，呆坐在电脑前面。四周静得出奇，他的脑海里喧哗成一片。

大田村微信群里也闹开了锅。

——有人办酒席荤多素少,算不算健康生活?

——调料使用的是红油豆瓣,盐也是一包一包地往锅里倒。

——那还用说吗?

——既然不算健康生活,就该扣分。为啥不扣?

——扣谁的?

——哪个办酒席就扣哪个啊。

——我办的是包席。这两年,村里的红白喜事,哪个不是包席?健康不健康是厨师的手艺问题,跟主家有啥关系?要扣,你们就去扣厨师的分。

——厨师又不是我们村的,到哪里去扣分?

……

盯着手机,罗明苦笑。

——村社干部开会抽烟,算不算健康生活方式?

很长时间,群里都没有人回复。半个小时后,一个在外打工的年轻人回复。

——当然不能算啊。

——"道德银行"考评的是家庭,又没有考评村委会。

——那是公共场所,村两委的干部是不是更应该带头做好样子?

——村两委也是人组成的,哪个抽烟就该扣哪个家里的分?

——不是因为工作,我跑到那个地方去抽烟?哪个田边地角我不能抽?

——在哪里都不提倡抽烟,干部应该带好头。

——喝酒呢?算不?

……

看着不时冒出来的信息,罗明的头又一跳一跳地开始痛了,像是鸡啄。他咧着嘴,不停地呻吟起来,只好潦草地洗漱一下蒙头便睡。

不知睡了多久,迷迷糊糊中,罗明听到雷一般沉重的敲门声,水泥地板在抖动,玻璃窗哗啦哗啦地响,他扯下头上的被子把头晾出来,休息了一阵,但还在不时地跳痛。外面有人在说话。

"罗书记,罗书记……"

"咔——咔咔——喂。"他觉得嗓子里堵了痰,他清了一下,才大声地回答了一声。

"今晚睡得这么早?莫事吧?"

"头痛得厉害。"

"开一下门。"

罗明浑身强痛,摸索了半天才下床去开门,左手紧紧地按住脑袋。外面天冷,村医刘能元穿一件藏青色的连帽羽绒服,还把风帽拉过来包住了头,一头钻进屋里。

"刘书记给你打电话,你没有接。他又问附近的人,说你这屋子没有亮灯,整个晚上都是黑的。他叫我来看看。"

罗明坐在床上,不停地抽动着鼻子,可是根本不通气,他只好半张着嘴呼吸。

"我看你这个样子,是重感冒嘛。光吃药整不好,我建议还是回城里去看一下。"刘能元取下绒线手套,倾过身子来捏了捏被子,"还有没有被子?"

罗明摇了摇头。

村医刘能元把罗明的衣服盖在被子上,取了会议室的钥匙,去烧了开水,兑了一杯感冒冲剂要罗明喝下。估计罗明没有吃饭,又煮了一碗面条端来看着他吃。

"我给刘书记打个电话,你明天也给镇上请个假。回城里去住院输液吧,光喝冲剂不得行了。"

罗明无力地点了点头。

33

从医院回来,罗明在床上躺了两天,每顿吃得少,几乎都在昏睡。素芳请了假专门在家照顾他。罗明睡觉的时候,她不时走过来探他额头的温度。开始,他惊醒了,感到她手冰凉不舒服,咧着嘴扭动身子,拼命地往被子里钻。后来,她就把手泡热了才来摸他,他的嘴角才露出一丝熨帖的笑意。

素芳要他多住几天院。他不说话,只是闭着眼睛摇头。他知道,如果他上医院,素芳也会跟着他到医院,有时也得把孩子带到医院去。冬天,医院里感冒病人多,容易传染给孩子。

他宁愿每天定时去医院输液,回来又躺在床上。他感到自己太累了,而且已经累了好长时间,总算逮住机会可以好好歇一下了。他心安理得地躺在床上,虽然身体还没有完全恢复,他心里却像春天的大地,慢慢地生出许多力量来。

素芳把屋子里弄得暖和,他又躺了一天,才有了起床的念头。素芳要他继续休息,她把两个枕头叠起来,又给他反穿上衣服,让他倚靠在床头上。这样,他就可以取一本书来翻看。素芳知道他的习惯,极少进屋来打扰他,悄悄在屋外做事。看电视,她把声音调成静音;做饭菜、炖鸡汤,她把厨房玻璃门关得紧紧的,为了排除水汽,她就打开了窗子,让冷风吹进来;洗衣服,她不用洗衣机,孩子急着要穿的,她就手洗。

罗明内心很感激素芳所做的一切。可是,他不善于用言语来表达自己的感激之情。好几次,话到嘴边,他先红了脸,却开不了口。屋子里开了空调,双层玻璃窗上蒙着一层温暖的水雾,呼吸干燥而粗重,像是被人套在密封塑料袋里。打开半扇窗户,冷空气乘虚而入,他贪婪地呼吸着,心里感到特别清爽通透。冬天的城市一片灰色,公路上车水马龙,楼下噪声一如往常。

推开房门,素芳大叫:"你怎么在吹冷风啊?"

"心里闷得慌,想吹一下,人才新鲜。"

"你的感冒还没有全好啊。"她急忙把窗户关紧了。看着她为自己担惊受怕的样子,罗明没有阻拦她。

"要不出去看一会儿电视吧?想吃啥,我去做。"

"煮点酸汤面吧,多放点儿辣椒。"

他突然想起自己在大田村推行的"健康生活"要少吃辛辣,又补充说道:"辣椒也不要放太多。"

素芳迟疑了一下,到厨房里忙去了。

电视里放着一部爱情片,听不见声音,只有看字幕才能明白剧中情节。罗明裹着衣服坐在沙发上,把电视声音调了起来。罗明不爱看这些内容,但他没有换频道,因为素芳爱看。

素芳隐忍而宽容。她两岁的时候,母亲就去世了。没有女人的家庭是凄惶的,没有母亲的孩子是伤感的,她过早地尝到生活的辛酸。父亲辛苦维持着残缺的家,脾气自然不好,但又舍不得在儿女们身上发,他拼命作践自己的结果,除了别人无关痛痒的同情外,就是很快患上癌症离世了。

素芳最初外出工作,一年只能挣四五千块钱,但她整个一年花在自己身上的钱加起来才五六百块钱,她把剩下的钱全都寄回了家。结婚后,她遇事百般忍让。她常说,自己过够了苦日子,现在有了家,就要好好珍惜。她不希望孩子再过缺父少母的日子。

素芳很快端出一大碗面来,罗明在碗里搅和了几下,一团热气涌起来,细密的水珠沾在脸上、眉毛上,还有鼻腔里,让他感到痒酥酥的。他别过脸去,打了一个大大的喷嚏,鼻子有些通透了。

"拿个碗来,你也吃一点儿。"

"你吃吧。我自己煮。"

"面多了,吃不完。"

素芳分了一小碗,他才张嘴吃起来。他有些感动,热气迷蒙住他的眼睛,揉了一下,手背湿了一大片。

他偷偷看了素芳一眼,她在一根一根地挑起面条往嘴里送。他又拭了一把眼睛,她正好抬起眼来看见。

"好辣。"他掩饰。

"那我重新去煮一碗吧。"说着,她伸手要取走罗明手中的碗。

"不用。"他轻轻握了握素芳的手。

又过了一天,罗明要回村上去,大田村还有一堆的事儿等着他。素芳问他:"爸爸打电话问,今年在哪里过年?"

"再说吧。"

素芳送他到门口。"山上冷,多穿点儿衣服。"

罗明点了点头。到了楼下小区里,他回头望了一眼,主卧室蓝色窗帘晃动了一下。他知道,素芳是真心爱他也爱这个家的,包括家里的每个人。他还知道,自从母亲去世后,素芳就很少笑过。尤其是他性情大变后,她的心事更重了,常常一副闷闷不乐的样子。他觉得心中有愧不敢多看,于是加快了脚步,想早一点儿逃离那个窗户的视野,把自己深深隐藏在人群中。

34

这几天,大田村微信群里一直争吵。村支书刘德新仿佛置身事外,还是不紧不慢的样子,有人问他咋办,他慢条斯理地说,罗书记在负责,再等几天,他回来了听听他的意见。

"给他打电话问一下嘛。"

"他生病了,让他多休息几天吧。"

来人听了这话,气得骂着走了。

月色皎洁,清辉泼洒在大地上,把一切都照得清晰明了。淡蓝色的寒气漂浮在大田村上空,越过山林,荡过房屋,也拂过田野,它经过的地方,都是湿漉漉的。开始是细小的水汽,后来慢慢凝结起来,形成了大颗大颗的寒霜。风没出门,狗不出声,人们也躺在屋里没有一点儿动静,一切静悄悄的。

村委会灯光明亮,让大田村的天空显得更加蓝了。下午赶回来后,罗明当即找到村支书和村主任通气,当晚组织召开了"乡村道德银行"考评会议。

三社社长刘显能清了清嗓子,他把歪斜的身子坐正,才一板一眼说:"群众利益无小事,我们应该高度重视群众提出的问题,争取尽快解决,不能拖也不能等,这是对我们每一位干部为人民服务的最低要求。"

大家颇为诧异,刘社长说话向来火暴率直。今天倒是一本正经地讲起理论来了。

"刘社长,说人话。"有人打趣。

"咋不是人话了。难道领导讲政策说的不是人话,是鬼话?"

"他们讲,就是人话。你讲,就是鬼话,而且是鬼话连篇。"

"这是啥子道理?"

"同样的话别人讲和你讲,就是不一样。"

刘显能表面上看起来不急,但罗明看见他的脸色在一点一点沉下来,再争执下去,他肯定会失控。于是,他接嘴说道:"刘社长说得也有道理。现在请大家列举一下考评中存在的主要问题,群众反映的又是什么问题。"

大家收住开玩笑的兴致,七嘴八舌地摆出问题来。罗明认真听,认真记,不时插话问得更细更深。很快,笔记本上就记满了三大页。

会议室开着空调,窗玻璃上面结满了晶莹的霜珠,模糊了月光下的大田村夜景,也模糊了会议室里的情形。但室内的热闹是显而易见的,不时有人高声说话或是大声欢笑,玻璃窗偶尔颤动一下。

罗明总结了一下,大家反映的问题尽管很多,但主要集中两个方面,一是烹制习惯还没有改变,普遍沿用了传统的烹饪方式,法不责众,不好打分;二是吸烟喝酒没有得到有效控制,个别领导干部没有起好带头作用,也不好打分。

村支书刘德新掏出烟,准备又像以前那样把它抛到桌子上，大家立马将目光集中到他那里。他连声道歉："对不起，养成习惯了。请大家扣我们家的分。"

"你又没有抽，不能扣。再说，我们每次都抽你的烟占你的便宜，哪能还扣你家的分呢？大家都不会同意吧？"说话人用眼睛把会议室扫了一圈。

刘德新说："谢谢大家的好意。分还是要扣的。每次开会，都是我领头给大家烟抽的，我总觉得大家辛苦了。以前，没有约束这个事，那就算了。现在我们有规定，'不吸烟少喝酒'，那就要逗硬。我领的头，我算是主谋，应该扣我的。"

大家都不说话，心里有些过意不去。

"吸烟这个事，我建议不搞一刀切。我看就借鉴机关单位的办法：公职人员公共场合不准吸烟。村上参照执行：干部群众公共场合不准吸烟。谁违反就扣谁家的分。怎么样？"

"这个提议好。"罗明的提议得到了大多数人的赞成。

"罗书记，你这个办法好，既有参照依据又切实可行。那喝酒也按机关的办法执行。"

"机关干部的规定是：上班时间一律不准饮酒。"

"自然，村上党员干部上班时间一律不准饮酒。"

"那普通群众呢？"

"一律不得酗酒，更不准酒后滋事。"

"说了半天，这些规定早就有啊。"

"所以说，解决问题还是要发挥群众的智慧啊，从群众中来，到群众中去啊。"村支书刘德新说，"就按大家说的办。"

"办酒席呢?"

"现在已经开展了专项治理,不允许大操大办啊。"

接下来,要讨论的问题是如何改变烹饪习惯。大家都不说话,好像他们面临着一个关乎国计民生的重大决策。空调风机的声音越来越清晰,有人开始打哈欠了。

"这个问题难,不好改,老毛病了。"

"以前脱贫攻坚的时候,群众那么多不良习惯都能改,为什么现在就不能改?"刘德新说。

"要不,折中一下。先不搞得那么急,整个两头都合适的方案。"

"你有啥子想法?"村支书问罗明。

"减盐减脂主要是体现在作料和烹饪方式上,那么我们今年把兑现积分的物品改成植物类作料。腊肉呢,我建议动员大家少做,肥猪能卖钱的,最好都卖钱。像我们领导帮扶的那家,两头猪完全可以卖一头,吃一头也够了。"

"要得,先按这个办法推行。过去的事情不再深究,以后我们的经验多了,办法多了,再来明确具体标准。"

"马上1点了。"

会议开得很晚,会场上又不能抽烟,很多人都困得哈欠连天。室外,雾气散尽了,天地间洁白如水,摩托车黄色的灯光装饰着这白玉般的世界。

有了较为明确的标准,"健康生活"的评分很快就拿出来了,名次也列出来了,微信群里几乎没有反对意见。偶尔有一两个问题，干部一解释，也就无人再说。现在只等春节前村里召开大会，兑换物品和颁发奖品了。罗明要做的事情很多，其中一项就是采买作料。他脱不开身回城，他想到了一个人，把这件事交给这个人去办他放心。

罗明打电话给张局长，汇报村里的情况，同时请求领导安排办公室帮忙采购一下兑换的物品和奖品。张局长说，请办公室提交班子会议讨论决定，他个人是完全支持的。

"张局，另外还有一件事，就是您帮扶的那户贫困户，他今年养了两头肥猪，得卖一头啊，这样既可以增加家庭收入，也不浪费。熏那么多腊肉吃不完啊。"

"要得，我给他打电话。"

村里各项工作有序而紧张地进行着。罗明抽了一个时间空当，到张局长帮扶的那家走访了一次。他去的时候，老人正在舀猪食，铁桶里冒着热腾腾的白气。罗明接过铁桶，两头黑猪听见脚步靠近，麻利地从水泥板上翻起身来，抬起肥硕的脑袋，鼻孔大张，贪婪地嗅着温热而香甜的气息，响亮地咂着嘴，再长长地出一口气，一副急于大快朵颐的架势。两头猪足有一米五长，膘肥体壮，毛色油光，眼睛清亮，一身活泼劲儿让人欢喜不已。

"长得好。"罗明放下铁桶，连声赞叹。

"你晓得我是如何喂它的不？"老人高兴的神色里掩藏不住自豪之情，"全是粮食喂的，可以说，倒回去十几年，人都莫得这猪吃得好。"

"哦。直接倒在槽里？"

"直接倒。我没有和猪草。"

罗明提起铁桶刚要往槽里倒，两个黑乎乎的脑袋就顶了过来，劲儿大得差点儿把桶顶翻了。老人走过来，照着猪头拍了一巴掌，吼道："马上就给你倒，急啥嘛。"

那猪头一偏，罗明趁这个空儿，赶紧将猪食倒了下去。白花花的热食刚到槽里，它俩就哄抢开了，大口大口地吞食着，肥大的耳朵随之上下翻飞。其中一头猪强势，不时用嘴拱另一头。那头猪嚎叫一声，又扑到另一边。老人不时厉声吼骂，像是在喝止两个打架的孩子。两头猪依旧我行我素，不一会儿，石头猪槽就干净得像洗过一样。圈外，两人欣赏着一场精彩的玩闹，眼里心里全是甜蜜。

"一头就有二百斤吧？"

"差不多吧。"

"那要卖四五千块钱哟。"

"再多也不卖。"

"吃不完嘛。"

"你看这肉多好啊，以后怕是养不出这样的猪了。人老了，手脚就笨了。"老人拍拍圈栏，"做成腊肉，慢慢吃。"

"腊肉过了明年六月间，就不好吃了。"

"这肉好，再说，我们这里山高，不会的。"

"张局长打电话没有？"

"打来了，他要一半。这咋办嘛，这几些年，他帮我家的忙不少,只能卖给他半边啰。"

"哦,我也买半边吧。"

"算了,今年六社张广田家里的猪也不错,你到他那里去看看。"

35

王小君打电话给罗明说,按照他的要求,作料已经采购好了,问他好久回去拉走。罗明正在筹备村上春节前要做的事,根本忙不开,他要等几天有空了才能回去拉走。王小君说,你赶快回来拉吧。那些作料好味道浓得很,全都码放在办公室里,坐上半天,就像吃了五香卤味猪蹄一样,把大家熏得连饭都不想吃,成天头昏脑涨的。早点儿拿走,好让办公室早点儿清新一下。

"那不正好减肥吗?"

"年终岁尾,事儿多,工作耽误了你负责啊?"

罗明连连道歉,表示自己尽快回城去取。快挂电话的时候,他才想起没有给钱。

"花了多少钱?"

"啥子钱?"

"买东西的钱啊。"

"啥子东西?"

"王主任,你这是在摆官架子。村上买作料的钱啊。"

"说那些。不要钱。"

"不要钱？你这当领导的格局就是大，又给大田村人民献了爱心。大田村的人民感谢你啊。"

"别编排我。不是我出的。那天会上定了，今年的钱单位出，办公室负责办理。我和李姐两个人跑了一整天哟。"

"辛苦了，到大田村来。我请你们。"

"好啊，记住你这句话哈。"

连续几天都是难得的晴好天气，但早晚奇冷。早上小雪似的白霜把大田村薄薄地覆盖了一层，走在寒风中，就像穿行在叶边锋利的茅草丛中，脸颊、手、耳朵被割得生疼。到了八九点钟，嫩闪闪的太阳从天边潮乎乎的雾气中拱出来，红红的，暖暖的，像是一盆没有吹旺的炭火。

这天的情景，开始和往常一样，那盆炭火早早地挂在天边，周围却散漫着一些铅灰色的云朵，它们像是被冻僵了，缩脚缩手地向火盆靠拢。很快，它们就将那盆炭火围得不透光亮了。随后，刮起了小北风，呼呼地吹过栎树林、房屋、菜地，村委会院子里的红旗被吹打得啪啪作响。后来，风中夹着雪花，纷纷扬扬地飘落下来。罗明把自己关在办公室里完善软件资料、制订培训方案和座谈会方案。

"罗书记，罗书记。"

罗明的耳朵里除了风声，似乎还有不太明显的其他声音。叫喊了三四遍后，他才明白有人在喊自己。打开门，寒风一下子涌进来，一屋子热气都被赶跑了，窗子打了一个寒战，很快又安静下来。

村委会的院子里停着一辆灰色的小货车。谁的车？哪个在叫自己啊？罗明站在楼上没有看到人。他又快速搜寻了一遍，还是没有看到人。

"哪个在喊我啊？"

"躲在被窝里的吗？喊了半天都不出来。"

从他脚下的一楼廊道里冒出一团红色来，细看才发现，红色羽绒服的领帽间有一束黑色的长发。说话的时候，羽绒服向上仰起一张红扑扑的脸来，似乎有一轮清晨的太阳升起来。

"哎哟喂，王主任啊。"

"干啥啊？喊了半天不出来。"

穿着红色羽绒服的王小君走上二楼，刚下车的寒冷让她浑身打着哆嗦，使劲儿地把头脸和脖子往衣服里缩。李姐和驾驶员在一大块红色背后时隐时现。走进办公室，王小君一把扯过椅子坐在火炉旁，牙齿磕碰得格格作响，全身抖动得更厉害了。她不停地搓着手和脸，又把身子倾覆在火炉上，满屋子红光。

"太冷了。山上太冷了。"

"哪股风把你们吹来的？"

"大——大田村的西北风啊。走——走的时候，太阳还好好的。到了山上，下——下雪了。"

"人家不欢迎我们嘛。"见他俩只顾贫嘴，李姐插话。

罗明赶紧把另外两人让到火炉边坐下，又倒来三杯热茶。

"你们这是雪中送炭啊,哪能不欢迎呢。对了,王主任今天来视察工作?"

喝下半杯热开水,王小君的嘴皮子才利落了。"是啊,请罗书记汇报一下工作吧。"

"哪方面的?"

"生活方面吧。"

"那我就从吃早饭开始吧。"罗明也是一副嘻嘻哈哈的顽皮样子。

"不用,你直接汇报今天午饭是咋安排的就行。"

"柴火干饭,辣子鸡块,手撕包菜,青菜蛋汤。行不?"

"工作不错,就这样吧。"

"谢谢领导鼓励。"说完,罗明起身来到外面,打电话买了一只土鸡。他们还没有把车上的东西卸完,那人就把鸡送来了。扫码支付了钱,他把鸡拎到了办公室。

"可以吧?三斤多。"

"辛苦了,放下吧,剩下的工作我们来做。"

司机师傅常年在外,也不拿自己当外人,主动请缨杀鸡拔毛。两位女同事是厨中高手,自然承担了煲饭洗菜的任务,厨房里一片忙碌。

院子里,雪在继续下,北风时断时续地吹着。远处山坡上、屋顶上、菜地里,已经停了一层薄雪。罗明负责点火烧锅,不消几下,红彤彤的灶孔里就吐出了青烟和金灿灿的亮光,照得他一脸金黄。

"罗书记,这鸡咋炒?"王小君问。

"不是说麻辣鸡块吗?"

"用什么作料?"

李姐说:"还是用豆瓣烧出来好吃。"

"我们也要带头实行健康生活,就用香料吧。"

"好的。"

"你去忙,我来爨火。"王小君拴着罗明用过的围裙,把手上的水擦了几下,立在灶间。

"你?会不?"

"别忘了,我也是农村出来的哦。"

"算了,来者是客。我负责火,你们负责炒菜。"

王小君快手快脚地洗了锅,又加了一瓢水烧着。然后洒了花椒、香叶、辣椒,又让罗明从地里扯来了三棵小葱洗净扔到锅里。司机师傅还没有把鸡弄干净,王小君大声喝道:"搞快些嘛,一个大男人,不要磨磨蹭蹭的。"

"王主任,你也要注意一下形象,这么凶。"

王小君把剁好的鸡块放到有香料的锅里焯了,又捞起来清洗了一遍,放在一边滤水。她一边洗锅一边大声吼着罗明:"多加点儿柴,把火整大些,我要炒鸡肉了。"

"火大。"

罗明说着往灶眼里加了几根细柴,又放了一根大柴块。火苗大口大口地舔着黢黑的锅底,照得四壁通红。锅已烧得青蓝,她倒了一些菜籽油,锅里爆出噼啪噼啪的响声。几片猪肉下锅，瞬间就腾起了充满油香的白烟。她用铲子拌了两下，又把早已准备好的姜蒜花椒干辣椒丢进锅里，炸出香味后，才将鸡肉倒进锅里快速地翻炒，肉香味很快弥漫开来。炒到油色清亮鸡肉金黄时，她倒了一壶开水下去，洒了几勺盐，拿过锅盖盖住，又对罗明大吼道："大火，爨大火，让它好好炖。"

"美味的背后是高温的炙烤。"罗明又加了一根木柴。

"酸。"王小君蘸了一下汤汁说道。

肉香里混合着一阵笑声。

午饭一个主菜，一个素菜，一碗清汤，大家都像饿极了一样，吃得贪婪而又兴奋。

"除了青红双椒，没有放豆瓣酱，也没有放酱油、蚝油、味精、鸡精。大家觉得味道怎么样？"

"不错，本味，好吃。"司机师傅说话的时候，嘴里啃着鸡翅膀。

"手撕包菜油不多，也没有味精，只有淡淡的盐味，很好吃。"李姐往自己碗里夹了一大箸。

"高端的食材往往需要最简单的烹饪。"

话毕，罗明突然明白，王小君给他示范了一顿少盐少脂的大餐。这是一个聪明的女人，什么事情都做得顺理成章，却又不漏一点儿风声。他竖了一下大拇指。

咸

36

这个月太忙，罗明月底没有回城。素芳在家上班、带孩子，还经常跟父亲联络。她代表儿媳，也代替儿子罗明，每周给父亲打一个电话。天黑了就问他吃晚饭没有，天凉了就要他多穿一件衣服，下雨了就叮嘱他不出门干活，尽管都是家长里短的话，却温暖着父亲的心。

最近几次通电话结束时，父亲都会对素芳说："给罗明说一下，今年回老家来过年吧。"素芳开始答应了，后来她就不回答，只能装作没有听见。

春节临近，大娘的儿子媳妇、孙子孙女都要回来了，那是一个热热闹闹的家。父亲孤单地回到了自己屋里。房子就在公路边，但没有人会走进一个老人的家里去坐一坐。相识的人路过,随便问一句就走了,他回不回答都没关系。白天,他还是到地里干活。晚上回到家,自己做饭吃饭,一个人看电视,日子过得单调而孤寂。

有时,晚上睡不着觉,他就在床上反反复复默想事情,过去的、现在的,还有将来的事。

过去的事情,想挽回也挽回不了,只好任它去了。将来的事,谁又说得清呢?干脆就不去想了。万一哪天走了,罗明还能不管?他不打算回到大嫂那里去了,几十岁的人犯不上去作践自己,看别人的脸色。

可是,这个屋子太冷清了,连个说话的人都没有。如果,罗明今年回来过年就好了,这个家就热闹了。为儿为女一辈子,到头来却得罪了他们,他想不明白自己到底哪里做错了?如果罗明春节回来,父子俩可以坐在一起摆谈一下,或许可以化解误会。过去,两家人有矛盾了,坐在一起摆谈一会儿,再有人一劝说就和解了。外人尚且如此,何况是父子呢。

听素芳说话遮遮掩掩,父亲知道她也难,她也不敢保证罗明能痛快地答应这件事情。父亲打电话给她的时候,她总是说罗明村上的事情多,忙得一个月没有回家了。他晓得,这是托词,她不想伤了自己的心。

父亲也晓得有人劝素芳,他儿子都不管,你管那么多干什么。素芳说,人要会想嘛。他是老人,给他打个电话,也是应该的。可真是苦了这懂事的孩子。但是,年关一天天逼近,你说,不提这个事行吗?

父亲急了,如果儿子要回老家过年,他就得准备些年货,他妈妈不在了,只有他来做这些准备工作了。如果儿子请他进城过年,那也该有个明确的话口。这样不明不白地拖着,就是把他放在火上烤锅里煎,让他一张老脸无处搁放啊。他在地里干活儿时,只要不想起家事就干劲儿不减,他骨子里还有把庄稼种好的决心和力气。但是,当直起腰来喘气突然想起这些事时,他就像被人抽去了筋骨,浑身没有一点儿力气。他把锄头放平,瘫坐在地上,暗骂自己是一个无用的老东西,有声有色地活了大半生,老了却一点儿也不中用。现在儿女长大了,自己连一句抱怨的话都不敢说,有再多的苦闷和烦恼都只能装在肚子里,活成可怜巴巴的样子。他艰难地向坟地里张望,妻子坟上已是一片枯黄,只有一大丛茅草在风中摇荡。

"素芳啊,你让他给个答复啰。究竟是咋安排的啊?"能跟他说说话的,也只有这个贤惠孝顺的儿媳妇了。

"好的,爸爸。我晚上再问问他。"素芳也为难。罗明性子犟,根本无人能说下他的话。"你莫想那么多,就到城里过年吧。"

"那当然好啰。"父亲苦笑。快挂掉电话时,素芳听见,电话里传来抽泣声。

又等了几天,父亲没有接到素芳的电话,他心里已经明了。他决定自己在老家过年。一个人不需要准备太多的东西,他想做一个豆腐,玉莲在世时,每年过年她都要做一个豆腐。再买点新鲜猪肉,腊肉家里还有。他泡了一碗黄豆,又从一堆旧家什里找出过豆浆的摇架,这些东西他还保存着,没想到真用上了。他要找一些酸水点豆浆,家里的酸水不够,现做也来不及了。

父亲来到杨桂英家讨要酸水,从上次与大娘闹矛盾后,他就没有再和杨桂英来往过,有时远远地看见她来了,他也要躲得远远的。实在是避不开,他也绝不正眼看她,说话也是问一句答一句。杨桂英家里很热和,一进门,鼻子里就有一股子热气。火塘里柴火燃得很旺,粗大的木棒被锯短劈成了两半,三四根架在一起,烧得热浪四腾。那些栎木柴火苗不大,但通红的火团外面罩着一道淡蓝色的火焰,似烧红的铁块,火力十足。坐在火塘边,父亲觉得全身暖和,身上酥痒得像小虫子在爬。杨桂英从屋子里拿出两个桃酥给他。那桃酥一咬,就碎成了渣,满口窜。他吃过桃酥,玉莲在世时,儿女们带些好吃的零食回来,那时一家人多么红火啊。他不觉悲从心来,用袖子擦了一把眼睛,赶紧抬起头来,火塘上新熏制的腊肉,白森森一大片,还滴着盐水。

杨桂英在厨房里忙着,偶尔过来跟他说几句话,同时把枯瘦变形的手长长地伸向火堆烘烤,随手把一包抽纸朝他面前挪了挪。

"熏了好多肉哦。"他扯了一张纸擦拭眼睛。

"我今年没有卖,一头猪的肉全熏起的。今年在哪里过年?"

"就在老家过。我来找点儿酸水。"

"你还自己点豆腐吗？你哪里做过这些事。"

"要是她在呢，我也不操这个心。"

"罗明呢？好像跟以前不一样了。"

"他还在怄气。"

"再怄气，还是该回来过年嘛。"

父亲长叹一声，起身告辞。杨桂英挽留不住，只好给他倒了半盆酸水，又放了两块豆腐在里面。他连声道谢，端着盆子往回走。

他提前清洗了小石磨。往年，妻子在世的时候，年货准备得足，每次推豆腐都用幺磨。他家有三盘石磨，除了大石磨、小石磨，还有一盘幺磨。幺磨的大小，处于大石磨和小石磨之间，是农村使用得最多的磨子。用大石磨就要用牛，费事；用小石磨太慢，费时。在磨面机、打浆机没有家家户户兴起之前，人们常用幺磨磨面粉、推豆腐。罗中胜泡了一碗黄豆，只能推出一盆豆浆，用不着去找打浆机。用小石磨刚好，只是多年没有用过了。

他把磨好的豆浆用纱布过滤了一遍，倒在锅里慢慢熬着。以前，妻子点豆浆的时候，他偶尔帮忙，知道只能用小火慢慢熬。他还滴了几点清油到豆浆里，妻子说，滴清油点出来的豆腐更嫩更好不粘锅，最好先把油煎一下再倒进豆浆里，但他忘了。他一刻不离地守在锅边，不能让豆浆煮沸了流到外面来。锅里冒气泡起漩涡的时候，他就把酸水一点一点往里面倒。直到锅里的白色泡沫越来越小，差不多全部消失的时候，他又舀了两大勺酸水倒在锅里，继续用小火慢慢熬着。锅里的豆浆慢慢结成大团，水也逐渐变清了。他加了几根细柴煮了一小会儿，就把豆腐倒在纱布里，挽成一个团，使劲儿地挤压拴紧，再压上一块石头。他第一次做豆腐，做得不错，这给了他莫大的安慰。

他还要去赶一次集，买些鞭炮、纸钱回来。活人过年，死人也要过年嘛。父母的坟要上，妻子的坟也要上。不然，这人活着还有啥意思？

腊月尾巴上的乡镇集市，人多，车多，货物压断了街。男人们兴奋地上街跑下街，又从下街往上街跑，要给大人孩子买好吃好喝的，顺便再给自己买一条好烟，美其名曰招待客人。女人在挑选作料，花椒、香叶、厚朴，还有酱油、醋、鸡精，大包小包地往篮子里装，一点儿都不心疼钱。年轻人也在人缝间窜来窜去，把潇洒和浪漫展示给别人看。

买了作料，父亲又买了一大捆黄表纸和几封鞭炮，他还抱了一桶礼花。一切办好后，他背着花篮往回走。刚出场口，他又折身回去，买了一大包小孩子吃喝的零食和十袋盐，放到花篮最里面。

花篮很沉，他却不觉得。他像一匹马，背上有了重量，走起路来才有依靠，甚至比甩着两只空手走路还舒服。他天生干活儿的命，空手空脚，反而不习惯。妻子也是这样的，闲了就要生病，只有不停地干活儿，他们才觉得身轻体健，心情舒畅。现在她却走了。

父亲还把家里家外打扫一遍，他要收拾得像妻子在世时过年一样干净整洁。他一遍又一遍擦拭家具，那是当年妻子的嫁妆，一张三抽一柜的办公桌，一口樟木箱子，还有一个小柜子，全都大红油漆描金，还绘有牡丹、喜鹊图案，是当年周围几个村子里最好的嫁妆。他要把那些陈年污垢清洗掉，让它们重新焕发出新鲜的颜色和光泽来。收拾完后，屋子里突然明亮清澈了，也一下子宽敞多了。他坐在沙发上歇息，背上感觉有点儿凉，便打开烤火炉，疲惫感随之而来。

37

罗明在村上忙得不可开交。春节近在眼前，返乡回村的人一天比一天多，这是一年中村上人口最集中的时候。村上要组织一个理论宣讲会，一个就业培训讲座，还要召开一个"乡村道德银行"兑换积分颁奖会。罗明在村干部中最年轻，而且会电脑懂公文，前期的文字工作都是他的事。

白天，干部们都在村委会待着，方便群众随时来办事，或是迎接上级单位来检查考核。只有晚上，村委会才会清静下来。罗明熬了三个晚上才完成驻村工作总结，他头痛的不是那几千文字，而是如何客观全面评价特色和亮点工作。尤其是健康生活。说过了，别人说他好大喜功；说不全，他心有不甘，毕竟自己花费了那么大的心血。他感到左右为难。

夕阳还浮在山边，金色的光芒软软地照着，一幢三层楼房上悠悠地冒着青烟。那场景，宛如一个青衣女子甩动水袖，在灯火辉煌的舞台上轻歌曼舞。大田村站在夕阳里，入神地观看她灵动的演出。突然，从一辆黑色奔驰车后面钻出一只白色小狗，朝他汪汪叫了起来。

"罗书记？"走出来一个中年男人。

"你是？我还认不太准。"罗明不太肯定自己的猜测。他知道这户人家平时只有一个老人在家留守，儿孙常年在外，混得不错，也在外地买了房。但他还没有见过这家主人。

"我是刘显明。到屋里坐。"说着，刘显明递过一支烟来。罗明走过去，轻轻摆手。

平时冷清的屋子里，因为多了几个人，一下子变得热气腾腾。客厅整理得干干净净，地上放着的电火盆燃得通红，映亮了沙发和茶几。厨房里的炒菜声很响，菜香弥漫。刘显明把罗明让到沙发上坐下，又准备去开电视机，罗明连忙阻止。

"在外面挣了大钱吧？"

"哪里，混口饭吃。"

"从宁波回来一趟不容易啊。"

"老人在家，无论如何都该回来。"

"那是，这是做儿女的责任嘛。"罗明低声说道。随后，他又提高了音量。"村里的发展还可以不？农村政策了解不？"

"我们一年回来一次，每次回家都能看到新变化，心里特别高兴。我们人虽然在外面，但心还是在老家，老家发展好了，我们心里才有底气。"

"村里搞了一个'健康生活',你觉得怎么样?"

"这个想法好啊,我们支持。城里人早就提倡健康生活了。少吃盐少吃腊肉酱菜,要多吃新鲜蔬菜水果。早晚还要散步,锻炼身体。有人说,农村人跟城里人不同,农村人要干活,那城里人还要上班呢。要说不一样,最大的不一样还是观念的不同。现在农村的活儿少,吃穿也不愁了,健康观念也该改一改了。"

刘显明说得畅快,也很兴奋,这深深地感染了罗明。该奋斗的时候奋斗,该回归的时候回归,心怀大度,善良正直,扛得起事情,放得下身段,他从刘显明的身上看到了一个成功男人应有的样子。

屋外月朗星稀,大田村笼罩在银光中。环顾四野,村庄里的灯光也亮了,它们和星月交织在一起,变幻成一片静谧。脚下的路清晰无比,一直向前延伸出去。

罗明想大声吼叫,把自己心中压抑不住的激动通通发泄出来。他没有那样做,只是顺手从路边扯起一大把茅草,草根上带着大坨泥土,他慢慢地抡圆了,使劲儿抛了出去。

38

人们陆续回村,大田村热闹起来了,每天都有人到村委会开证明、查询补助款项、补签表册。当然,也有要村委会解决问题的。村干部们忙得饭都顾不上吃。

"我找罗书记。"

傍晚时分,来村委会办事的人散得差不多了,村干部们收拾着桌上的资料,打算起身回家,门口传来了一个女人的声音。话音未落,高跟鞋就有节奏地敲打着地板走过来,随之一团黑影向罗明逼近。

罗明正在电脑上写一份证明文件。来人一屁股坐在他身边的木椅子上,椅子向后跳了一下,一声钝响。罗明的眼前一暗,桌子上映着半截黑影,他不由得偏头看了一眼。一个身穿黑色长款呢面风衣的中年女人,敦敦实实地坐在自己身边,虽然脸上一层油光,但无法掩盖岁月的沧桑,好在她胖,让她看起来圆润富态,浑身散发着热烘烘的女性气息,罗明抽了一下鼻子。

"我是罗明。你是哪位?"

"我就找你。只有你能解决。今年春节,我女儿要带男朋友回来过年,现在我们家里房子不够住。你说怎么办?"

"你们的房子多大?"

"当初易地搬迁的时候,家里六个人,只有一百二十五个平方米。现在女儿大了,儿子也十五六岁了……"

"你是不是三社刘社长的堂弟媳啊?"

"是啊。"

"你们的情况我晓得,但有政策规定,最多只能修那么大面积啊。"

"问题是我们现在咋住呢?"

"大姐啊,你提的问题,现在不好办啊。我们也在咨询相关的部门。但一时半会儿还解决不了,你要多多理解啊。"

"我就是不理解才来找你的。当初,我们家明明六个人,为什么只修五个人的?他们说等脱贫攻坚检查结束后,就可以在楼上加层,连钢筋接口都是留好了的。现在脱贫攻坚结束了,检查也过了,是不是可以加层了?"

"肯定不行啊。"

"我今天来,是给干部们报告一声,春节过后,我准备加层。框架整好了,我还要出去打工挣钱还账。"

罗明一时头大,不知道如何劝说她。"这样吧,我再咨询一下,再回答你。"

"罗书记,我是来通知村上哈,不是来征求你们意见的。你们当初是答应了的。"

查阅网上相关资料,连"易地搬迁房屋加层"这样的词条都没有。罗明一时不知道如何办才好。

吃过晚饭,他只好请教村支书。刘德新在电话那头淡而无味地说:"想修,她就修啰。"

"那怎么行?"罗明一听就急了。

"你莫理她。"

"啊?这——这要不得哟。"

"莫卵她。"说罢,刘书记就挂了电话。

罗明心里一片慌乱,一晚上都没有睡好。他在脑海里反复思索着如何给她做解释工作,但他想不出一个正当的理由来。

他找的那些理由，他自己都不会信，她能服？如果春节过后，她真的开始加层，他去不去现场劝阻？如果他们仗着人多，强行施工，甚至要跟自己动手怎么办？他又想起刘干部的故事来，可是"鱼塘"在哪里？"施工队"又是谁？何况，此一时彼一时，现在还能像当年那样干吗？

第二天，村主任刘显强一到办公室，罗明就把他拉到自己的寝室里，说起了昨天下午遇到的情况。开始，村主任侧着耳朵认真听，当听明事情大概后，扭头便走了，丢给愣在那里的罗明一句话："莫管她，她想修就能修啦？"

"她还要来，我该怎么办？"

"你想咋办就咋办。"

走出门口，刘显强回头笑了一下。他神迷的目光盯得罗明一阵眩晕，仿佛置身于舞台中央，一束强烈的灯光打在他的身上，刺得他睁不开眼。台下，人们山呼海啸，等着看他拙劣的表演，有人还响亮地打起了口哨。

一上午，罗明都心不在焉，好几次把手头上的事情整乱了。一位大学生要办贫困家庭证明，他开成了在外务工证明；一个中年男人要查阅地力补助款表册，他问别人是不是要看医保报账资料。大家奇怪地看着这个一向精明能干的年轻人，他这是怎么了？

村支书和村主任看着他丢三落四的样子，暗自好笑。遇到一点儿事情就把自己搞得魂不守舍，这娃还是年轻啊。每当罗明慌乱出错的时候，他俩就对视一下，然后低头笑了。罗明更加不安,陷入更深的惶恐之中,做起事来手脚更是一片忙乱。就在给男人翻阅表册的时候,他无意中碰倒了自己的茶杯,茶水洒到桌子上,打湿了几本台账,水流到电烤炉加热管上,砰的一声爆炸了。罗明心里的火气一下子冲了出来,他一把将桌上的资料扫到了地上。

村主任刘显强赶紧跑过来帮忙收拾,一脸嬉笑地说:"罗书记,哪个惹你了?"

"没哪个。"

"你生气的不是事,你生气的是人吧?"

罗明没有回答,心想:我就是在生你们的气。群众反映的问题,当干部的就该及时解决。你俩为啥不着急?如果真的出了问题,咋收场?

"你就把心放到肚子里吧,不会有事的。如果她真要修,她就会生米煮成熟饭,不会提前来告诉你的。"

罗明心头一怔,两眼盯着正在帮他擦拭办公桌的村主任,半天没有挪开。

"你想啊,她说了,不就是'此地无银三百两'嘛。以前,她家是贫困户,老太婆有慢性病,儿女又读书。这两年,两口子在外面搞餐饮,听说在承包大食堂,挣了不少钱。她突然跑到村委会来找干部,啥意思?按你们年轻人的流行说法,她就是想刷存在感。"

"哦。"罗明拖了一个长长的尾音,感慨不已。农村的事情就像农村的道路一样,有的直,有的弯,有的一目了然,有的云迷雾罩，不谙农事，哪会有一双明亮清澈的眼睛呢？看来，自己真是不通农村事理啊。

晚上，他又回想起了这件事。想起那个女人看他的迷离眼神，也想起村支书和村主任神迷的眼神，他们都是一种相似的神情。但是，一想起这种眼神，他心里就痒酥酥的，脑海中出现了一个女人，唇红齿白，眼睛深陷，一副笑眯眯的样子，那膨胀的热情像她鼓凸出来的两腮一样夸张，让人生厌又有一些喜欢。他的身体不由自主地紧张起来，感觉自己游荡在一片花间，大朵的花儿吐着猩红的花蕊，向他围拢过来，很快拥满了全身。他透不过气来，拼命拔那些花，可是那些花有魔性，他拔得越快，它们就长得越快，牢牢地缠住他不放。他急中生智，就地一滚，想把那些花压碎，自己却掉下了悬崖。

他惊醒了，难以再眠。他想起了孩子，她出生时胖乎乎的样子，她在地上翻爬的样子，还有她哭闹时的情景，都让罗明萌生出一种怜悯来，心里酸酸甜甜的。接着是素芳，先前活泼靓丽的高个子姑娘，现在却变得沉默寡言、神色忧郁了，他是有愧于她的。母亲来了，她满面笑容里融入了无限的慈祥和疼爱，她胖胖的身体能够为自己遮风挡雨，化解人间一切困苦，可是她不在了。最后，父亲也来了，他独自坐在老家院子里守望着，半张着黑洞洞的嘴，内心焦苦，满面愁容。

周末下午，罗明还是给那个女人打了电话。

"我晚上到你家吃饭。"罗明的声音很小，脸也红了。

"欢迎啊，小兄弟。"对方似有一种难以抑制的欣喜。

天一黑，小北风就悠悠地刮着。走出办公室，罗明脸上一阵发烫，随即全身颤抖，寒意透过羽绒服，一点一点向他的身体渗进来。他感到身体是通透的，寒意可以自由来去，只有那颗心结结实实，怦怦直跳，火热得烫人。

刘社长幺爹的房子是三社聚居点左侧的第二套。从那条公路上下来，要经过一位李姓老人的房屋，他常年一人在家，儿子未婚，今年也没有回家。听到狗叫，刘社长幺爹房前亮起了一盏昏黄的灯，门开了，一个魁梧的黑影站在门口，堵住了一屋洁白。一条狗从那人两腿间窜出，朝着山坡这边大叫起来。随后，又有两只狗跟着叫。

女人走到院子里张望，罗明打开手电晃动了一下。

"罗书记啊？"

罗明嗯了一声。

"稀客啊。快进屋。"风声里激荡着热情的笑声。

女人把罗明让到前面。屋子里温暖明亮，地面干净多了，沙发换了新套子，桌椅也擦洗过，好像一间新屋子，和他以往看到的情形大不一样。今年，女人提前回来，把里里外外打扫得干净卫生，又花了两天时间浆洗被褥，忙碌着迎接女儿和她男朋友回家过年。

女人端来一杯清茶，顺便用脚将一个燃得通红的电烤炉往他面前推了推。罗明轻轻吹了一口浮在上面的碧绿茶叶，浅呷了一口就放到桌子上，茶水烫嘴。老太爷给罗明敬烟，罗明推辞了。不一会儿，刘显能敲门进来了，陪着罗明说话。

饭菜很快就端上了桌子，炒菜、凉菜都是按照城市饭店里的特色在做，山野菌炖腊猪蹄被当成了特色菜放在桌子中间，还有一个特色菜是清蒸鲈鱼。女人说，她和老公在福建打工，这是她带回来的。酒也是从当地寄回来的特产，今晚特意拿出来招待罗书记。罗明和老太爷被安排在上位，女人做主陪，刘显能副陪。家里有客人的时候，老太婆不愿意上桌，说自己咳嗽会影响客人食欲。女人挑了一些菜，让她坐在沙发上边吃饭边烤火。

每个人的面前都放了一个分酒器和一个玻璃小酒杯，老太爷不习惯，就换了大杯。而且每个人的面前还放了一双公筷。

女人拎起分酒器先把罗明的杯子倒满，又往自己的杯子倒酒。罗明发现，她倒酒的时候，只用大拇指和中指轻轻捏了分酒器，往杯里点了三下，一杯酒刚好倒满。食指弯曲，另外两指向外翘着，中指上黄金镶钻的戒指闪着光芒。她的手圆胖，在灯光的照射下显得白净，应该很久没有做过粗活了。

她把分酒器搋到桌上，朝刘显能一扬下颌："显能哥，满上啊。你还是客啊？"刘显能讪笑着，顺从地倒满了酒。

"先吃菜。"说罢，女人先用公筷给罗明夹了一块鱼放到碗里。自己也用筷子撕了一小块鱼肉，蘸了一下鱼汤，放到面前的碗里，再用另一双筷子送到嘴边小口抿着。她把剔出来的一根小刺用筷子夹住了，小心地放到碟子里。罗明尝了一下，虽然是冻鱼，但味道鲜美，咸淡适中。他又尝了其他的菜，味道都很好，山野菌炖腊猪蹄也不油腻。他用眼睛偷偷地扫视了一下,大家对桌上菜品都抱有明显的好感,不停地往口里送,腮帮一刻不停地蠕动着。女人看到大家吃得高兴,脸上的笑容更加明媚。

只是大家都不太习惯用公筷,稍不留神就用混了。好在大家都不在意,公筷也就成了摆设。看到大家吃菜略有停息,女人不失时机地举起杯示意。

"罗书记是贵客,也是稀客。今晚有幸请到您赏光,是我们家的荣幸。我敬三个酒。感谢罗书记舍家离女到大田村来驻村,为了这一方老百姓的富裕发展,奉献青春岁月和聪明才智。"

罗明一惊,不相信这些话是从一个农村女人嘴里说出来的。她也豪气,一仰脖子,酒就倒进了嘴里。女人应该是酒场老手,今晚要格外小心,不能上了她的当。罗明瞟了一眼刘显能,也一口干了,心里却有了三分提防。

女人连续提了三个酒,说的话全是雅致的书面语言,合情得体,让人不敢小觑。刘社长想说话,罗明却抢先举杯。"刘社长,让我们先敬大家。第一杯,我请刘社长一起,敬大田村在外务工的老乡们。你们是大田村的能人,大姐也是他们中的佼佼者,我祝你们身体健康,天天开心,年年挣大钱。"

"好,好。"女人双手捧杯一饮而尽。接下来的两个酒,罗明敬大姐在外事业有成,多发大财,也敬家中老人身体健康,寿比南山。她始终那般豪气,一口干了,来者不拒,末了还要倒竖一下酒杯,表示酒尽杯干,一片诚心。

刘社长提壶之后，女人又要拎杯单独敬罗明三个酒。罗明连连摆手。"大姐，刚才你已经敬过了，不能再敬了。一是我喝酒不行。""男人不能说不行。""二是村里有规定，酒要少喝。总量控制，好吧？"

"今晚的酒不多，四个人一瓶酒，每人不到三两酒。"

"大姐海量，平时少不了要喝两杯吧？"

"做生意哪有不喝酒的。但我的酒量不大，比不得兄弟。"

"我可只能喝二两。"

"兄弟谦虚了。"

罗明又干了一杯。"大姐做的菜真好吃。我们多吃一些菜吧。"

"好吃就多吃吧。"说着，她又给罗明夹了一大块鱼肉。但这次，她没有用公筷。

"今年收入还可以吧？"罗明看着女人，她脸色微红。

"跟往年差不多吧。"女人放下杯筷，左手肘放在桌沿上，右手自然下垂。两眼看着桌上的菜，偶尔盯一眼罗明。"我们在福建那边的工地上包了一个食堂。这几年，我们一直都在干食堂。"

"你们是大老板了。"

"挣几个小钱，还是一个老百姓。"

"你们可不是原来意义上的老百姓了，按经济学的说法，你们属于有产阶级，是新的工农结合。种庄稼你们有经验，做生意你们也很有经验。百业兴旺，靠的就是老百姓。乡村振兴，靠的也是我们老百姓啊。"

"过奖了。话又说回来，各有各的生存门道。"

罗明点头赞同。

"比如，我们这边的厨师最擅长做川菜，但工地上的工人不全是四川人，所以口味就不能做得太麻太辣。相反，如果一直做得很清淡，大家有时又想吃点麻辣的，我们就做一顿火锅。一厨难合百人意，所以，要得大家满意，就要随时根据工人的口味来做调整。"

罗明又点了点头。见罗明感兴趣，女人的话多了起来。

"有时，也不能完全按照工人的喜好来做。比如，双休日放假，我们的厨师也要放假休息一天。假期的饭菜，工人自己解决。你千万别看自己解决一顿饭是一件小事。他们要自己买菜买米来做，费工费时。到外面下饭馆的话，就要多花钱，至少比食堂里贵好几倍嘛。这里的窍门大了，这样他们才能够体会到食堂的饭菜可口、方便和实惠，才不会给我们挑毛病、找麻烦。"

她突然感觉到说得有点多，泄露了自己的生意经，便住了口，夹了一片野菌送到嘴里。

"村里现在提倡健康生活方式，你们刚好是做餐饮的，大姐有什么看法？"

犹豫片刻之后，她才说话。

"你们想得很周到，出发点也是好的，但这件事情不好做。从我们生意人的角度来看，要区别对待不同的客人。比如，坐办公室的人,他们要求清淡一些,就要少放油、盐。下苦力的人,出力流汗,他们油盐就吃得重。还有就是年龄的差别,年轻人喜欢口味重一些,有些年纪大的人也喜欢口味重一些。女同志的口味总体来说,又要轻一些。"

"是啊。"罗明竖起了大拇指。

"我觉得,村上搞的健康生活方式也要分人分时间。在农村,夏收夏种、秋收秋种的时候,油盐肯定要吃得重。平时要起,可以吃清淡一点儿。你们在考评的时候,要注意区分不同季节的情况,不能搞一刀切。"她低头看了一下自己的腰身,脸色更红了,神情也有些不自然,"你看我,平时不注意,现在想减肥,减不下来了。"

罗明笑了笑,没有说话。他对这个女人有了新的认识。他甚至有些埋怨自己,不该抱着成见去看人待物。之前,她只是一个朴素的农村妇女,但外面的世界给她带来了多大的变化啊,她又给自己上了多么生动的一课啊。

"大姐也是大厨了。"

"不敢当。炒个大锅菜还可以。"

"你平时怎么使用调料?"

"菜的味道,简单地说,就是调料的味道和菜的本味混合的结果。不同的菜品,调料的用法也不同。"

"嗯。"

"传统的调料嘛,有香叶、八角、厚朴、三太、草果等,包括辣椒、花椒、茴香等。但你完全不用现代的作料也不可能。你看这个蒜薹炒肉丝。肉要用生抽、老抽、料酒、淀粉和几滴香醋腌制20分钟左右，还可以加两片姜去腥。这个菜就要用酱油，而且还是生抽老抽两种同时用。如果像我们老家这边直接炒，就不好吃。"

她兀自举杯抿了一小口酒，双唇紧闭，使劲吮吸了一下，又舔了舔。

"同样是蒜薹，如果炒鸡蛋，就可以不用酱油，使用蒜蓉、小米椒、盐、味精就可以了。所以我建议，新旧两种方法结合，不能一概而论。"

"哦。原来有这么多的讲究。"

"村里推行健康生活方式的想法是好的，可难度很大啊。"她轻轻地摇了摇头，瞬间神情凝重。

"是啊。但是再难，我们也要推行下去。慢慢地，大家会接受，会改变的。我有一个想法，春节期间哪天您有空，给大家搞一次厨师培训。"

"行不？"

"肯定行啊。"

39

村子里，炊烟袅袅。青烟慢悠悠地爬上天空，散乱地汇聚在靠近山凹的半空中。先是聊闲事儿，接着又围在一起商量着什么事，随后兵分两路，一路直上云霄，一路从栎树林梢向山外飘去。孩子们射出一支响箭,哧哧的火光带着尖厉的哨声,奋力地冲上去炸响。青烟吓了一大跳,赶紧逃散了。

城里也热闹开了,路灯杆上、行道树上、商店门前,悬挂中国结和红灯笼。晚上,灯光比平时更亮更灿烂,七彩霓虹透过窗玻璃映射到室内,把宁静的屋子幻化成一个欢快的舞厅。

年味笼罩,空气里飘荡着喜气。

素芳悄无声息地准备着年货。买猪肉、灌香肠、熏腊肉,还准备了牛肉、猪肚、豆腐干。她还打算给一家人都买一套新衣服。母亲走了,她就是这个家庭的主妇,无论一家人平时有多大的怨气,年要好好过,老人也该孝敬。给罗明打电话,她不谈准备年货的事,只是关心他要吃饱穿暖,把村上的工作干好就行。但究竟在哪里过年,她还是焦急地等待着罗明给一个明确回答。

最近,素芳打电话的次数明显多了,可他似乎忙得连多说一句话的时间都没有。

你有那么忙吗?一个多月不回家,打个电话也是三言两语。你给别人打电话,一打就是半个小时。你眼里还有这个家吗?你心里还有我和孩子吗?收起电话,素芳愤愤不平。她又拨了罗明电话,想发泄一下自己的情绪。觉得不妥,又赶紧挂了,但心里更难受。

罗明抽空回拨了她的电话。电话响了很久,但无人接听。随后几天,素芳的电话一直打不通。她真的生气了。今年女儿上幼儿园了,她一个人根本忙不开,但他固执要驻村,她认了。她为这个家付出了那么多,也忍受了那么多,可是罗明并不领情。她越懦弱,他反倒越强势了。从小,她就学着忍让,现在,她还要继续忍受男人的冷漠无情。她的命就该如此吗?她就该是一个不幸的女人吗?

素芳吃不好睡不好,心里十分痛苦。有时,她真想不管不问,看他小子到时如何收拾。可是,日渐苍老的父亲形单影只的样子让她下不了狠心。还有可爱的女儿,素芳不想让她跟自己一样,从小就缺少父爱,成为单亲家庭的孩子。

周末,老师让孩子去动物园,素芳有时上班走不开,只好把女儿带到单位。女儿委屈,就问爸爸呢?爸爸回来就能带我去。素芳感到十分心酸,感觉苦了孩子,心里就更难过了。人家说,一个女人有三次机会改变自己,一次是原生家庭,二是嫁给丈夫,三次是孩子成人。她已经失去了一次机会,眼下这个机会似乎并不能给自己带来什么好运。她暗下狠劲儿,如果这个男人不能转变态度,她宁愿再失去一次机会。

她又打电话给罗明:"年终岁尾了,能给我一个明确的答复不?"

"什么答复?"

"你说什么答复?"

"我哪里晓得你要的啥子答复?"

素芳也不知道自己想要什么答复。是春节在哪里过年,还是一个幸福的承诺?相守一生一世的婚姻,光凭一个答复、一个保证就可以得到吗?她犹豫了,仿佛自己盘旋在无边无际的夜空中,不知道自己会落到哪里。她伸手去抓,希望有什么能让自己停下来,可是周围都是空的,什么也抓不着。

"你神经病啊?"电话里传来罗明生气的嘀咕声。

"你才是神经病。你不知道自己还有家,还有老婆孩子?"话一出口,她就像抓到了一根从天而降的绳子。她不敢松手,生怕一旦失去,就再也抓不住了。她决心抓住这根绳子大吵一架,好好发泄一下心中愤懑。

"不跟你说了,有人找我办事。"说罢,电话就断了。

她从天空中滑落下来,重重地落在地上,摔得头晕眼花,胸闷气短。她在黑暗中摸索着,怎么也找不到一扇能让人自由舒畅呼吸的窗口。

40

父亲将腊肉洗好晾在屋檐下,阳光一照,像几个响亮的铜板。上午,他从地里扯了一捆白萝卜回来,慢吞吞地洗干净。下午,他又掂了掂米袋,不放心,又去新打了一袋回来。他有气无力地准备着年货,心里山一般的悲伤压得他全身无力,行动迟滞。他常常颓然地坐在屋外的石条上或是菜地头,半天都不想挪身。看见有人路过,他就挣扎几下,试着撑起来,装着精神百倍的样子。儿子成才,让他在村里自豪了大半辈子,现在,他不能让人看笑话。

晚上,他没有做饭吃,一点儿胃口也没有。他打电话给素芳，一改平时的柔和语气。

"你问罗明没有？他到底回不回来？你要问一下啰。"

"我——我——"

素芳嗫嚅着不知道怎么回答才好，眼泪却夺眶而出。和罗明结婚五六年了，父亲从来没用这么重的口气跟自己说过话，他把素芳当成了自己的亲女儿。不，比女儿还要亲。他有什么话都对她讲，包括对儿子罗明的不满，对女儿罗灵的不满。素芳知道，不是万不得已，父亲是不会有这么大的火气。

父亲也意识到自己说话的火气大了，又低声说道："问一下哈。"可是，他还是控制不住自己，又换了一种严厉的口气说："问他，是咋安排我这把老骨头的？"

素芳拨了罗明电话，没有人接听。她又试着拨打了一次，还是没有人接听。她把电话狠狠地扔到了床上。随即，她又扑过去抓起电话给父亲拨过去。

"爸，电话没人接。你先休息，我等会儿再打。"

"好。他个狗日的，连家都不想要了？"

素芳又气又恨，泪水不断掉落下来。安顿女儿睡下，她无力地靠在床头上，心里反复回想着这一年来家里发生的一切，母亲去世让罗明心性大变，他正在一点一点和这个家疏远，也正在一点一点和自己决裂。她恨自己，也恨罗明。可是，她对罗明的恨像一支利箭，可无论灌注了多大力量，射得多么遥远，一碰到罗明就会掉落。她恨自己不争气，恨自己下不了狠心。

她撩起被角，将脸深深地埋进去，汹涌的泪水根本无法冲刷掉内心的痛苦。开始，痛苦清晰得如同白昼，片刻之后，她又迷茫了，不知道自己到底要干什么。直到天光大亮，她依旧没有想明白。

大概——是自己离不开这个男人了吧？

刚一动念，她就后悔了，开始狠狠地骂自己，莫骨气，离了他就不能活了吗？

这几年的相处，素芳已经习惯了罗明在身边，习惯了他的存在，甚至也习惯了他这一年多来的坏脾气。这种感觉是不会骗自己的。

简单洗漱了一下，吃了早饭，素芳就带着孩子来到公司。坐在办公室里，她无精打采的，像是痴呆了一样。

"素芳——素芳——你咋了？"孙姐喊醒了她。

"嗯？没事。"

"你听说没有？今天早上有一封辞职信，是我们部门主管的，说是自己身体有些问题，请求辞职。我们要不要去劝劝他？大家都在劝他。公司马上就要放假了，再怎么样，也要过了年再说吧？"

"不用吧。"

素芳说得肯定。不是她冷漠无情，她是佩服主管的勇气，自己缺少的正是这份勇气。但是，这件事还是影响了她的心情，心里难受得要命，她虚弱得快要倒在办公桌上了。

"听说，他是受了别人的欺负，心里想不开。"孙姐一手滑动着鼠标，一手端着一杯花茶慢慢啜饮。

"他人太老实了。这次一定是把他惹急了。"素芳抬头笑了笑。

"哪个欺负他了？"

孙姐的话提醒了她，素芳也在心里一遍又一遍责问自己。突然，她有一股不好的预感。这段时间，罗明究竟在干什么？这个念头刚从脑海中冒出来，她拿起外套就冲出了办公室。

"孙姐，帮我看一下孩子。"身后，女儿放声大哭。

素芳在办公楼外坐上了一辆出租车，她木然地看着窗外，心里不断堆码着那份决心：一定要把事情调查清楚，他在干什么？他想干什么？难道……他真的不想要这个家了吗？

"美女，到了！"

眼前是自己熟悉的办公楼，她和罗明谈恋爱的时候，俩人经常悄悄溜到办公室里来玩。结婚后，偶尔有事找罗明，她也会到单位来。这一次，她心里有着别样的感觉。

"素芳姐？是你？"

素芳站在办公楼外的台阶上，看着王小君从大厅里走了出来，端庄大方地站到自己面前。她有些惊讶，没有想到第一个碰到的人竟然是王小君。自己这副失魂落魄的模样，王小君看到后肯定也惊讶吧？

"素芳姐，你有什么事吗？"王小君十分热情，拉着素芳要她到办公室去坐坐。

"没什么，我来只是想问问，最近有没有人到村上去，给他带一件衣服。山上冷。"

"放假前，我们还要到村上去搞一次慰问。你把衣服拿过来吧。"王小君上下打量着她，"素芳姐真漂亮，跟天仙一样。"

"王主任说笑了。"说完，素芳头也不回地逃出了文旅局的大门。王小君看着素芳远去的背影，心里疑惑。

晚上，罗明就给素芳打了电话，他很生气。"你跑到我单位上去干什么？你有什么事情不能直接给我说吗？"

"你的电话打得通吗？你还怪起我来了？"素芳也不示弱。

"你不会发个信息过来吗？你打电话我在开会。"

"开完会，你不会回一个电话吗？"

"那么晚了，你不睡觉啊？"

"不晓得你一天在忙什么，我看连家也不想回了。"

"你有病吧？"

"你才有病。你说说，自从你娘走了后，你关心过一家老小吗？你用心管过这个家吗？"

罗明也很火大："我忙，我没空管，怎么了？"

"全世界就你一个人在上班？就你一个人在忙？你就是拿'忙'在当借口。谁知道你是真忙，还是假忙。"

素芳生气地挂掉电话："臭不要脸。"

听着素芳那生气的声音，罗明心里也很难受。他知道自己做的确有不对，但是他没办法管住自己一点就着的火暴脾气。素芳说得对，他确实没有管过一家老小，只顾自己忙，而且把忙当成了借口。他也想给素芳解释一下，但他说不出口，也抹不开那该死的面子。但他还是把电话打了过去。

"对不起,您拨打的用户已关机。"

罗明有些郁闷,这是在故意报复自己啊。

"哼,你等着瞧。"素芳正在气头上,所以根本就不打算原谅他,她关了手机。

"我去。"

看着黑掉屏幕的手机,罗明直想骂娘。今晚肯定睡不着了,他索性拿起笔记本电脑开始处理会议方案和材料。还有两天,春节前的三个会议就要召开了,他必须加快进度,确保周全,把可能出现的问题都考虑到处理好,不能在关键时候出问题。

时间在屋外长风的呜咽中流逝,罗明又修改了一遍工作总结,完善了工作方案,长长地伸了一个懒腰。现在,他要好好地睡一觉。他又梦到了一片花海。他往花丛中一站,那些鲜花就长高了,也开得更艳了,他就像童话世界里的王子一般,周围飞舞着美丽的蝴蝶,但他冷静地看着眼前的奇幻景象,心里明白自己在做梦。他身上的肌肉颤动了一下,醒了。

罗明叹了口气,坐了起来,但头脑晕沉沉的,还感觉有点儿头疼,他知道偏头痛的厉害,不敢掉以轻心,赶紧把自己埋进被子里。他不是不知道在哪里过年,他纠结的是如何面对父亲,如何面对这个本该万家团聚的春节。他只能躲一天算一天。他渴望突然来一个紧急通知,要求驻村人员必须节日期间值班值守,这样,他就有充足的理由待在村上不回家了。

屋外的风声一点一点小了，到最后什么也听不见了。罗明也渐渐入眠。朦胧之中，他终于明白，摆在自己面前的困难，已经不是怨恨，而是放不下的面子。那是他心里一道越不过的高墙。

41

山顶上的积雪又厚了一层。人们说，今年冷冻大，明年收成好。但是，大田村暖意融融，恍若春天。男女老少穿着时新的服装，两手插兜在村里游逛。近一年没有回家，大家都欣喜着大田村的变化，沉浸在家的温暖幸福中。

村委会已经做好准备，决定腊月二十五召开理论宣讲会，同时召开"乡村道德银行"积分兑现和颁奖会。村两委开会时讨论说，帮扶单位的干部职工辛苦了一年，开会这天中午，村里请大家吃饺子，表达感谢之情。

"把村民们一起请了吧。"罗明提议。他考虑到村民们都要来开会，不如大家在一起吃顿团圆饭。

大家都吃惊地看着罗明。村里第一次请全村人吃饭，还是集资维修村小学完工那天，人们各自带着米菜来帮忙，中午村里买了猪肉，安排了酒席。算起来，那是二十多年前的事了。

罗明看着众人的眼神，解释道："请大家吃个团圆饭也是应该的。村上的工作，大家都很支持。再说了，以后我们还要靠大伙儿呢。"

有人附和："是啊，大家一定很高兴。"

"要得，一起吃团圆饭。"刘德新看着众人的笑脸，也微笑道。

村主任刘显强看着罗明，眼神里充满了敬佩。这个年轻人，头脑灵活，敢想敢干，比刚来的时候成熟大气多了。

村里安排了三个人到市场上采购猪肉、白菜和面皮，又从镇上租了二十张大圆桌和两百多张塑料凳子。还请了三社社长的堂弟媳组织人员剁馅。

第二天一大早，罗明站在村委会门口迎接大家的到来，俨然一家之主。

"罗书记，您还亲自迎接呀。"三社社长的堂弟媳一摇一摆地来了。她手里捏着乌红的袖套和围裙，快步走过来，握住了罗明的手，又拍了拍他的手臂，显得十分热络。

"辛苦大姐了。"罗明笑着说，快速抽回自己的手。

"应该的。"她大大咧咧地笑了。

一辆长安车停在罗明的面前，车上跳下三个人，把几大包食材往厨房里搬。

"辛苦三位了。"罗明搭手帮忙。

接着，一辆越野车沿着公路飞驰而来，在罗明面前猛地刹住了。车窗里露出一个中年人胖胖的脑袋。

"罗书记好。"

"你好。把车停到那边空地上去哈。"

那人想把车开进村委会院子里，听到罗明这么说，只好慢腾腾地把车开过去停好，又找了一包烟揣兜里，走了过来。

"书记，请抽烟。"他脸上的热情有些减退，少了来时的那种兴致。

"谢谢。"罗明连连摆手，"今天人多车多，只好让大家移动贵步了。"

"理解理解。"

村民们陆续来到村委会院子里，互相问候说话。年轻人聚成一团，有说有笑，孩子们在人群中钻来钻去。罗明不时回头看着院子里的热闹。

九点钟，一阵强大的马达轰鸣声传来，一辆大型客车正在缓慢驶出栎树林朝村委会开来。车门一打开，罗明赶紧上前。

"罗书记，辛苦你了。"

同事们鱼贯而出，他们一个一个同罗明打招呼，有的年轻人还突然伸手袭击罗明的胸部、腹下、大腿。罗明赶紧躲闪，不失时机地回击。年轻人见面都要开开玩笑。

"罗书记，听说你辛苦了，领导专门安排了一名美女来慰问你。"老赵还在车门口就嚷起来了，满院子的人都听得见。

"老都老了，还不落教。"罗明低声说笑。

"嘿，他还不相信。张局长说，晚上山上冷，莫得人给你捂脚，专门安排的。"

"莫乱讲哈。"张局长站在旁边，也是一脸嬉笑。

"这种事情，领导不好明说，但他还是想得周到。他也是人嘛。"

人群里一阵哄笑。

"老赵,你那嘴巴就是欠啊。"

"欠啥?"

"欠打啊。"

有人还在下车。罗明向车厢里探了一下头,他看见王小君走在前面,臂弯里挎着一个包,正在回头和人说话。那个人穿着长款的红色呢子大衣,头发向后梳成了一个马尾。王小君的脸挡住了那个女人的脸,他看不清,但他觉得那个女人自己熟悉,难道是单位来的新同事?他在脑海中搜寻了一遍,单位没有这样一个人啊?

"愣着干啥?还认不到了?"王小君朝他吼了一声。

女人从王小君的肩膀上伸出半个头,向他这边看过来。

素芳!

罗明一阵惊奇,脸红了。

素芳的脸也红了,满身不自在。她快速瞟了罗明一眼,又迅速别过了头。

"帮忙拿东西啊?"王小君又朝他吼了一声。

罗明慌忙走进车厢,闪身让王小君先行一步。素芳走过来,在他面前放慢了脚步。罗明伸手接过她手里的袋子,里面是一件崭新的黑色羽绒服。罗明让她走在前面,自己紧紧跟着她下了车。院子里的目光都向这边聚焦过来。两人像一对新人一样走过人群,向村委会办公楼走去。

"罗书记,你娃信不?"

"去。"罗明努嘴小声吼道,心里掠过一丝幸福,也生出一些怨气来。

在阳光的辉映下,素芳直鼻大眼,齿白唇红,浑身散发着蓬勃的青春气息,在人群中十分耀眼。罗明知道,素芳是漂亮的,自己好长时间都没有这般惊奇地发现她的美丽了。素芳注意到了罗明欣赏的目光,她微微一怔,抬了抬头。

"你咋来了?我这么忙。"到了宿舍,罗明问得言轻语细,但脸上还是显得有一丝不高兴。

"我耽误你工作?"素芳沉了脸。

42

上午九点半,活动准时举行。首先是政策宣讲会,前面主席台上坐着单位和镇村领导,罗明也坐在台上。台下一桌一桌地围坐着群众和帮扶干部,周围有孩子在跑动。

张局长做主题宣讲。他从党的惠民政策讲起,说到了大田村几年来的发展变化,也谈到了率先推行的"乡村道德银行"及健康生活方式,还谈到了大田村今后的发展方向,全场的人听得认真,不时还有响亮的掌声。

接着,张局长脱稿谈到了国家未来经济政策、产业结构调整等形势,全都是外出务工人员关心的话题。他希望大家在外挣钱的同时,也要注重多学技术,将来回乡好创业。大田村虽处高山,但背后就是国家5A级旅游景区,而且农产品多,品质好，将来一定大有发展……

随后，村民和返乡人员代表发言，他们说，每次回家过年，都能见识到大田村的变化，大家很高兴，感谢村两委和帮扶单位的辛苦努力和大力支持。

台上有领导插话："希望乡亲们继续支持村两委的工作，继续保持发家致富的奋斗精神，一起把大田村的发展搞好。"

会场上的互动让在场的干部群众信心满满，议论纷纷。

"现在确实不一样了。"一个留短发的中年妇女说。

另外一位穿绿色羽绒服的妇女接话："以前想都不敢想。现在家家户户的日子都好过，人人都在享福。大田村遇上了好时机。"

"那不叫好时机，叫新时代。现在是新时代。"旁边一位戴眼镜的青年人纠正道。

"哦？"妇女有些难为情，理了理衣服，又恨了青年人一眼，"好好念书，早点找个女朋友带回来，让我们看看。"

青年人脸红了："有。今年她回老家了。"

"这得益于国家政策，也多亏了各级干部，他们没日没夜地为村里人做事，为大田村付出很多，辛苦啊。"三社社长刘显能看着主席团，眼睛里充满自豪和满足，他感觉自己似乎也坐在台前，脸上是庄重的神色。

"大冬天的，还有人卖瓜啊？"

"哪有人卖瓜啊？"接话人四处张望。

"狗日的张婆娘，尽说怪话。"刘显能笑骂。众人恍然大悟。

接下来的会议是"乡村道德银行"积分兑换和颁奖。

人们放下手机,也不再交头接耳,伸着脖子望着主席台。主席台后面放着今天要兑换的物品,是一堆大小不一的塑料小口袋。

罗明宣读了各家的积分,同时他也对健康生活考评条目做了解释说明。返乡过年的人普遍赞成推行"健康生活",特别是年轻人,他们平时也给家里零星灌输过这些生活理念,效果不大。看到村上组织实施,他们的热情也被激发出来了。

积分兑换环节,大家都领到了分量不等的作料。最热闹的是颁奖,获得三等奖的每户人家领到了一张铁木菜板;获得二等奖的人家得到两张菜板,一张生板一张熟板;最后是一等奖获得者,获得了一台消毒柜。

罗明拿起话筒说道:"今年兑换的是作料,大家多用这些植物类的作料做好吃的,注意少吃大鱼大肉,少喝酒。要吃饱,更要讲究吃得好吃得健康。另外,领奖的几家人要注意,菜板拿回去就用,不要搁起来,把家里的旧菜板扔了。大家知道消化道癌症是怎么来的吧?其中大部分都是我们用的筷子、菜板发霉,产生了一种叫作黄曲霉菌的病菌引起的。所以,大家要经常消毒、更换碗筷和菜板。现在的生活一天比一天好,我们要更加注重健康生活,争取都活一百岁。"

"活那么长干啥?造孽啊。"

"身体健康、能走能吃,造什么孽呢?身体不好,想走,走不动,想吃,吃不下,成天抱着药罐子,那才造孽嘛。"

"咿，罗书记啥时讲话不结巴了？"老赵有些惊奇。

"人都要变嘛！"王小君回道。

"像你，越变越好看。"

"像你，越变越老了。"

会议结束时已近中午，每个桌上都放了一大盆饺子馅，一大口袋面皮，大家可以自由组合包饺子。院角垒起了三眼锅灶，上面放着大铁锅，锅里正冒着热气。

王小君挽着素芳的胳膊也来到院子里包饺子。罗明到处走走看看，提醒大家要多包点，要吃饱吃好，偷懒就吃不够。

"你也过来包。不包就莫得你的份。"王小君大声嚷道。

"莫得就不吃嘛。"罗明轻声回答。

素芳看了一眼王小君，又瞟了一眼自己的老公，微笑的脸庞没有丝毫变化："他忙，我多包几个。"

"看看，不怪是两口子啊。"王小君取笑。

43

除夕近在眼前。父亲挨着日子过着，没有一点儿精神。杨桂英几次来请他吃饭，他都推辞了。他觉得日子过得漫长，这个冬天就像过了好几年，每个时刻都像刀子在心上割着。晚上，他总是惊醒，然后睁着两眼发呆到天亮。屋外偶尔有风，窗子响，门也响，似乎母亲回来了，她这里看看，那里摸摸，把屋子里搞得响声不断，一如她生前的样子。后来，就是大白天,他也会出现这种幻觉。

他的脸上没有了往昔的光泽,整个人也瘦了很多。他不想吃饭,有时一天只吃一顿饭,他把自己藏在屋子里,哪儿也不肯去,也把门窗关得紧紧的,一个人躲在房间里默默流泪。他仿佛一个将死之人,了无生念,宁愿躺在床上、地板上,最好能躺到地里去,和母亲躺到一块去。

夜里,父亲偷偷走出家门,摸黑到母亲坟前。这条路,他走了一辈子,闭着眼都能找到。那是屋后一块好田,每年都能收一千多斤稻谷。母亲去世后,这块田就成了他家新坟园。现在,坟园里只有一座坟,坟的左侧也留了一块位置,那是他将来的葬身之地。平时有空,他就去山里、沟里找石板背回来铺在坟前,如今,已经铺成了一块不小的石坝了。

他在坟前坐下,点了一支烟,他抽了一半风抽了一半。不时有一股烟吸到鼻腔里,呛得他不住地咳嗽。他不想动静太大,用衣袖紧紧地捂住嘴鼻。

"喀喀——喀——"

咳嗽声越来越急促,他再也忍不住,大声咳起来,直咳得脸色发青,眼睛通红。他的泪水早流干了,喉咙也干涩了。

坟上的枯草发出嚯嚯的风声。他蹲在母亲的坟旁,轻轻地抚摸着坟上的泥土,心里默念:玉莲啊,你是不是怨怪我?怨恨我没有照顾好你。本来,我们该享福了,但你却走了。走了好啊,走了少受罪,你看我……我心里好难受啊。

他越说越激动,用手使劲儿捶打着胸脯,嘴巴一张一合,不断地发出咳嗽声和呜咽声。风声，黑夜，死亡，他什么都不怕，他什么也不顾忌，只是一味地倾诉着心里的苦闷，像一个疯子。

天快亮了，远处的山脉若隐若现。他抹了一下眼睛，又在枯草上擦拭了手，低着头往家走。回家后，他把自己狠狠地扔在床上，连衣服都没有脱就躺下了。

不知时间过了多久，现在是什么时候，父亲醒了，看见顶层楼梯口射进来一柱阳光，在白墙上形成了一个荡漾的光斑，屋里一片昏黄。母亲的照片摆在桌上，她轻眯双眼，嘴角上翘，平静地看着他。他心里刀扎一般疼痛。

44

从大田村回家，素芳对罗明的工作多了一份理解，但罗明对她的态度，却让她更生气。在罗明心里，她连一个外人都不如。

"能过就过，不能过就早点儿散伙。"她在心里暗暗拉满了弓，等罗明回来，她一定要当着面问清楚。如果她不得不把那支利箭射出去，她一定会松手。她再也不能这样糊里糊涂地过了。以前她担心孩子怎么办，现在想清楚了，自己带，直到等孩子长大成人。

不对，不是这样的。素芳很快就否定了自己，她已经明白罗明对外人很好，对家人不理不睬的原因了，其实就是那该死的面子思想。小子，我就等着你回来，有你好瞧的。想到这里，素芳俊俏的脸上怒气慢慢消退了。

处理好村上的事情，罗明也带着一大包脏衣服回家了。洗完澡后，他美美地睡了一大觉。素芳把衣服全洗了，又做好了晚饭，才把他叫醒。

"只有三天就过年了，你是怎么打算的？"素芳故意提高声音问道。

罗明呼呼地吃饭，他装作没有听见。每次碰到这个问题，他的心里就被一把乱草堵住了湖口，各种情绪都在打旋，愤懑不断升高。

此时，素芳的火气也在升腾。见罗明仍是一副不理不睬的样子，她把筷子狠狠地拍在了桌子上。

"这都什么时候了，你还在这里装聋作哑？"素芳很生气。

这个女人疯了。罗明心里一惊，但他表面上没有一点儿反应，依然往碗里夹菜，往口里刨饭，嘴巴也不停地咀嚼着。可是，口舌已经麻木，原本可口的饭菜一点儿味道也没有了。

"后天就是除夕了，你还装得没事一样。你父亲咋安排？我们又咋安排？"她又用筷子狠狠地敲了一下桌子。

"没事。明天再说。"

"没事？"素芳眼含怒火瞪着他，"嘴上说没事，心里有没有事？你就是虚伪。"

见素芳一语中的击毁了自己内心的防线，罗明只好硬着头皮不再理她。他嘴里不停地嚼着，肚子里早已饱胀。

他一副死猪不怕开水烫的样子让素芳更加来气了，一把将自己的饭碗划拉到了地上，女儿吓了一大跳，罗明也是一惊。

"你疯了？"

"我是疯了。我看你他娘的才疯了……"

娘？

客厅里又传来了一声脆响，罗明一个耳光响亮地打在了她的脸上。罗明最讨厌别人对他骂娘，这让他想起了母亲。

素芳愣了一下，撕心裂肺地哭起来，凶狠地向罗明猛扑过去，拳头疯狂地落在罗明的身上。罗明不停地躲闪着，她的拳头好几次落了空，这更加激起了她的愤怒。她先是抓乱了自己的头发，然后又向罗明直冲过去。罗明被她癫狂的样子吓了一大跳，他明白，如果不出手将她制服，她是不会停下来的。再闹腾得左邻右舍都知道了，他就更没面子了。这个时候，靠语言安慰显然已经不可能了，只能简单粗暴。何况，那些软话他也说不出口。

趁素芳的拳头打过来，罗明一把抓住了她的胳膊，轻轻往外一摆，素芳就向一边倒过去，他顺势将她放倒在沙发上，一手按住了她的肩膀。她想歪过头来咬罗明的手，罗明又用另一只手摁住了她的头。见头不能动，两只手也被控制住了，她用双脚抵住罗明的腰部，然后猛一使劲儿，把罗明蹬出了老远。罗明的火气大了，看来不来点强硬的，根本镇不住她。她准备再次冲过来时，看见罗明已经做好架势等她放马过来，她明智地放弃了，她知道，她不是罗明的对手，这个瘦如竹竿的男人还是比她的力量强大得多。

她急得四处乱瞅,想要找一样东西来当武器,她快速抓起一只碟子高高举起,又放下了,她舍不得砸坏了茶几或者地板。突然,她看到了罗明养在阳台上的花草,便麻利地冲了过去,一把将花架拉倒。罗明见她向阳台冲过去,一下子紧张起来,那些都是他的心爱之物。这些年来,他把这些花草当成了自己的倾诉对象,他不能让她毁坏了它们。他想制止素芳,可是来不及了,不由大叫一声"哎呀"。在原地呆立片刻,他极度受伤地回到客房里,把凌乱的客厅和哇哇大哭的母女俩留在了门外。

罗明气急败坏地回到了房间,素芳心里却有一丝痛快,她长长地出了一口怨气。她抱着女儿,揉搓几下热辣辣的脸蛋。很快,她又有一点儿后悔了,这次是不是太过了?她从来没想到自己能做出这样的疯事来。再想想,她又坦然了。也好,长痛不如短痛,与其长期僵持冷战,还不如现在这样痛痛快快干一架。看到罗明躲进了房间,她突然觉得自己在家里是一个有地位的人。有了这个想法,她心里好受多了,脸也不那么痛了。转念又一想,万一把这小子打不醒呢?她又开始担心起来。管他呢。孩子晚饭没有吃好,她还要去给孩子弄一些吃的。抱起女儿,她转身出了门。

罗明独自坐在床上,胡乱地思考着如何收拾这个烂摊子。他先是愤怒,既然不能一起过,那就分开吧。难道离开了她,自己就不能活了?自己就撑不起一个家了?但他感到自己的内心并不给力,湖口像是被疏通了,水位在慢慢下降,逐渐露出了泥泞不堪的湖底。

罗明发现自己心里早就没有怨恨了,这些烦恼都是自找的,死要面子活受罪啊。于是,他狠狠地抽了自己两个耳光。

是该放下这张脸面的时候了。他在心里暗下决心。

45

回家第二天,罗明还要到单位上一天班。春节放假前,单位都要召开干部职工大会,罗明要报告驻村帮扶工作情况。接着,进行民主测评,推荐先进个人。按惯例,驻村干部至少会当选一次先进个人。最后是领导强调节日值班、节日安全和节后工作安排。

早上,清扫了阳台,罗明正要出门的时候,王小君的电话就来了。说会议改在下午,今年增加了一个座谈会,邀请职工家属代表参加,还要交流发言,素芳姐也在被邀请之列。罗明握住电话直出长气。他不能埋怨单位的工作安排,也不好说自己和素芳才打了架。

"她这些天忙得很,没有时间啊。"

"罗书记,这是政治任务哈。领导班子集体研究决定的,不是商量。"

"往年都没有这一项。"

"往年莫得,今年就不许有了?往年大田村还没有推行

'健康生活'呢?"

王小君的话呛得罗明哑口无言,找不出理由来反驳推辞。他只好换了一种口气:"王主任,你咋像李云龙一样,逮着谁都凶巴巴的?"

"要你管?记住,是我们单位邀请素芳姐,务必请到。"王小君加重了"邀请"二字的语气。

"那样啊,今天我要晚点儿过来上班。"

"你上午可以不用过来,下午两点的会,你带着素芳姐一起过来就行。"

罗明站在门口,进退为难。他该怎么给素芳说呢,她还在生气吗?她能答应吗?她不答应自己又如何来给单位领导解释呢?只要素芳坚持不去参会,罗明的脸面算是在单位丢尽了。

不管如何,得先把事情说出,不说,事情永远没有开始。罗明只好硬着头皮向主卧室走去。房门关着,他轻轻地敲了敲门进去,素芳正坐在梳妆台上化妆。

"什么事情?"素芳转过脸来,声音和面色多了一份傲气。看到罗明脸色腼腆,她心里颇为得意。

罗明也看出,素芳说话的声音和看他的面色都与以往大不一样,就像一只打足了气的篮球,弹力十足。自己稍微用力,就会震得手臂发麻。

罗明走到素芳身边,看着她的眼睛,轻轻地叹息一声:"哎,我们没有必要吵架。"

"我们为啥吵架?"

"人有时难免冲动。"

"我们是三岁孩子吗?"素芳拿起粉饼盒,快速地在脸上点着。

罗明又向前凑了凑:"是啊,我们都不是孩子了。你不生气了吧?"

"生气,我当然生气了。"素芳毫不掩饰。

"素芳。"罗明欲言又止,似乎要下很大的决心,"我——我一直想对你说对不起,可我总是说不出口。我也想对你好,可是总放不下自己这张脸面。"罗明闭上眼睛,低下了头,又摇了摇头,一张苦瓜脸。

"罗明啊,你把我当成你最亲的人了吗?你让我伤心,也让我寒心啊,你知不知道?"素芳的眼神里还有一股寒意。

"是我不对,我也想改变自己,可是就是用不上劲儿,我这心里也很难受,你知道吗?"罗明抬起头来看着素芳,眼睛有些迷惘,他不知道素芳相不相信自己的话。

"罗明啊,母亲走了,父亲老了,我们也成家立业了,我们已经不是小孩子了。这个家庭需要我们来支撑,老人需要我们来照顾。不要耍小孩子脾气了,我们是成年人。"

罗明的眼睛里贮满了泪水,不住地点头。

"你好好反思一下吧。在村上,你能听大家的意见,我希望你在家里也能听听我们的意见。不要犟得像头牛,哪个说你都不听。"说完,素芳转身离开了房间。

罗明的眼眶里含着泪水,他早就不想再这样下去,可是自己又做不到。今天说出这些话后,他觉得好受多了。他两手握成拳头,手背上青筋爆出,他在心里暗下决心。

安排好孩子,素芳带着罗明准时赶到文旅局开会。一路上,罗明都温顺地陪着素芳,咧嘴笑着。今天,素芳还是穿了那件红色的长款呢子风衣,黑色的直管皮裤外套着长筒皮靴,显得高挑而干练。

罗明觉得,用心欣赏,自己的女人就是一首浪漫诗,他向她比了一个大拇指。

"我知道。"素芳高傲地回答。

"我知道。"罗明认真地说道。

素芳心中一暖,脸上仍然一副冷模样。

两人来到了办公楼里。保安一直盯着素芳,等她走过了,他才想起要登记,便伸手阻拦,又见罗明傍在一边,手又连忙缩了回去。"罗书记,您回来了?"

"鲁师傅好。"

鲁师傅连忙回答,眼睛还看着素芳,心中暗道:听说他俩关系不好,这么漂亮的老婆,罗明这小子还在挑剔啥啊。

两人径直往会议室里走,王小君见他们走过来,连忙迎了出来。王小君把素芳让到办公室里先坐下,又递过来一杯水,说要先开干部职工会,让她等一会儿。素芳坐在沙发上,身子向后仰着,兀自掏出手机翻看,一副高冷的样子。

干部职工会开得很快,接着召开家属代表座谈会,会议由张局长主持,王小君记录。这个会议开得慢,大家有话可以敞开说,可是很多家属平时大大方方,这时反而拘谨了,说话结巴,词不达意,甚至把意思说反了。轮到素芳发言时,她不慌不忙地把家里的困难如实说了,后来又说罗明为了工作照顾不上父亲和妻女,是一种奉献精神,话语柔和,合情合理,大家连连点头赞许。罗明心里充满了喜悦。

甜

46

早上,素芳打电话给父亲:"罗明回来了,您进城来过年吧。"

"回老家过年,可以不?"

"我再给他说说。"

素芳看了罗明一眼。罗明就在素芳的身边,他很清楚父亲的意思。素芳挂了电话,心头有些不安。

罗明点了点头,又像是摇了摇头。他心里还在挣扎,真的要去老家吗?自己该如何面对父亲和那些乡亲们呢?如果能留在城里,就可以继续逃避内心的窘迫和尴尬。如果回老家,他还是有些害怕。

看着罗明纠结的样子,素芳说:"躲得过初一,你还能躲得过十五吗?"

"好吧。"罗明的身体里,行驶着一辆高速列车,一会儿山呼海啸行驶在隧道里,一会儿又平静如水地行驶在平川上。他怔怔地站了好一会儿才长长地松一口气。素芳从房间里走出来,朝他吼道:"快点。"

罗明回过神来,立刻开始整理行李箱。三个人收拾好立即下楼,开车出发。

素芳一路上笑盈盈的。罗明的样子,让她觉得很好笑,每次不高兴了,他都虎着脸。沿路的情形,也令她兴奋不已,一件件往事不断涌上来。

罗明对素芳的娘家得汉寨是了解的。素芳给他讲过小时候的一些情形,自己也去过几次。得汉寨"地环三玉涧,天铸一铜城",四面悬崖,唯有两条小路可通出入,历来是兵家必争的天险之地,也曾是当地有名的贫困村。如今,已是乡村旅游的一道新景观。

"天气好的时候,站在门外就可以看到四面都是白云……"

路边,不时会跳出房屋、小河,石桥、大树,罗明熟悉这些情景,也熟悉周围住着的父老乡亲。上学的时候,他经常独自往返在这条山路上,如果路过房前屋后有狗叫时,就会有人出来帮他撵开。上大学走的那天早上,他们都不约而同站在门口跟他打招呼,祝贺自己学业有成,前程似锦。罗明担心,现在他们会不会也躲在门后议论自己呢?

车子驶过一个山弯,老家梨园村到了,它宁静地展现在眼前。村口三棵柿子树上挂着红红的果实,远山萦绕着淡蓝色的雾气。几只白鹤站在树枝上,不时伸出细长的腿走几步,像是试探那雾的深浅和温度。然后张开翅膀,向远处的竹林飞去。在弯曲的竹梢上立一会儿,它又飞到河边,盯着水面看,突然伸长脖子从水里叼起一只小虫子,几下就吞进了肚里。

罗明家的新房子在柿子树不远处,屋顶的彩钢棚将它从一大片田野里区分出来。屋里没有冒烟,这让罗明的心紧了一下。

"你爷爷没在家?"素芳问孩子。

"不在家,能到哪去?"罗明有些担心。

村子里,瓦房、砖房自然交错,竹林、树木参差错落。一群孩子聚集在一幢瓦房前的水泥院坝里玩耍,老远就能听见他们的笑声。那笑声是幸福的,那地方是欢快的,和自己小时候一样。

"到了,到了!"素芳兴冲冲地说道,她的声音,将沉浸在回忆之中的罗明唤醒。

车子缓慢停下来,孩子们围过来,神情疑惑地向车子里张望。好多孩子他都不认识了,他们是村里的新一代,彼此都不熟悉,素芳比他认识得多一些。素芳摇下车窗,同他们一一打着招呼。

"大娘,年货准备好了?"

"有啥好准备的,平时也是吃的这些。你们今天才回来啊?"大娘眯着双眼,连续几天的柴烟熏得她睁不开眼。

"罗明才放假。"

罗明赶紧把窗子摇下来,向大娘打招呼。

或许是因为过年,抑或是家人团聚,大娘气色好,人也显得精神。

"大娘好年轻哦。"素芳喜欢夸人,这让她在老家有着极好的口碑。

大娘不好意思地说:"你爸爸只比我大两岁,你说年轻不?"

"年轻啊。"

"你爸爸一天到黑都在盼望你们回来啊。刚才他都还站在外面望呢。"大娘快人快语。

从车厢里取下东西,素芳也给了大娘一份礼物。父亲没有开门,罗明只好把东西放在门口。看着紧闭的大门,罗明心里涌起一阵悲凉。他在人群里扫视着,希望看到母亲。此情此景,如果母亲也在,该多幸福啊。他强忍着泪水,不让它掉下来。

大娘来到房前,使劲儿地拍打着紫铜大门。"罗明回来了。你在屋里干啥子?"

门开了,父亲一脸迷蒙地探出头来。素芳见状赶紧上前:"爸爸,你在干啥,外面这么吵闹,你都没有听见吗?"

"我在烧开水。"父亲大声说道。

罗明心里涌起了一阵凄凉。他走上前来,不知道该对父亲说什么。倒是父亲先开了口:"回来了?"

"嗯。"

罗明低着头把东西往家里拎,父亲扑上前来帮忙。

"我去做饭。"素芳往厨房里走去,罗明跟着进去帮忙。父亲在外面陪着孙女玩耍,他从屋子里拿了许多零食和玩具出来给她。在旁人看来,一家四口是多么温馨和谐啊。可是,罗明父子俩却不自然,彼此都觉得别扭。

"我想去田里转悠转悠,你陪我去吧。"吃完饭,父亲站起来说。

"好。"罗明一愣,不明白父亲想做什么。

素芳也是一怔,她抬起头来说:"去后面田里?"

罗明木然地跟了出去,心中一阵悲伤。这个地方曾有他最快乐的时光和最幸福的记忆,现在一切都陌生了。

父亲围着母亲的坟转了一圈。坟上添了新土,像是盖了一张红棕色的绒毯。父亲捡起土块摆放到那些凹凸不平的斜面上。

"前几天,我垒了一些新土。"父亲似是自语。

罗明知道,这件事情应该是他来做的,父亲已经帮他做了。"以后,我回来垒。"

"一年多了,走了一年多了,转眼就是两年了。"父亲举起两根指头,长叹一声,"明天就是除夕,中午吃饭的时候,一定记得先来给你妈妈上坟。"

"好。"

"哎——"父亲肚子里似乎有一肚子话说,但他叹一口气,把那些话又吞回肚子里。

罗明不知所措，只好呆立在一旁。父亲抽出一支烟来叼在嘴里点上，青烟从他的口鼻里冒了出来。父亲老了，脸上棱角分明，看起来干瘦而古怪。

"工作忙吗？"父亲问道。

"不太忙。"罗明低声回答。

"心里有再大的怨恨，还是要回家嘛。我们是一家人。"父亲说道。

罗明心中一酸："好。"

父亲又吸了一口烟，鱼一样吐了几团烟雾。"我晓得你怨我。怨我没有照顾好你妈妈。"

罗明愣住了："没有。"

"我也没有想到你妈妈走得这么突然。"父亲又说，他的语调中充满了哀伤，让他看起来更加苍老，令人心碎。

罗明不敢多说，只好默不作声。

父亲慢慢睁开眼睛："你妈妈性子犟，我说话她有时又不听。我咋办？一家人难道天天吵闹，让人家看笑话？"

罗明心头一痛。

父亲接着又说道："她去世，我也是最难过的人。"

罗明没有插话，静静站在一旁。

父亲慢慢地闭上了眼睛："我一直认为，她会长命百岁，我们一起长命百岁。"

父亲说罢，又深深地吐出一口气，继续说："可是，她走了,再也不会回来了。我没有照顾好她,是我的错。我当了一辈子医生,她走的时候,连一颗药都没有吃上。我也想不通啊。"

父亲泪流满面,罗明的眼泪也顺着脸颊滑落下来。

"你说,我到底该怎么办?"

父亲声音颤抖,尖突的喉结不停滑动着。罗明想安慰一下父亲,可他不知道该说什么。

"我恨自己。我恨我自己无用啊。"父亲的眼神变得凌厉起来,里面闪过一丝怨恨。声音里含着无尽的悲愤。

罗明有些害怕:"爸!您别乱想。"

父亲没有回答。

"爸,您别难过了。我后来晓得了,这件事情与您无关。"

父亲瞪了罗明一眼。"不,是我没有尽到责任,是我对不起她。"他浑浊的眼睛里充盈着血丝。

"我相信,娘在天堂里,也希望您过得幸福。"

"她走了,她到天堂里去享福了。她哪里知道我的痛苦啊?"

"爸!我对不起您,是我错怪您了,让您受苦了。"

"我倒是愿意跟你妈妈走,可是我不能给你们留下遗憾,让你们背上不孝的骂名。不然,我活着还有什么意义呢?"

父亲的话吓了罗明一大跳。"爸,我错了,请您原谅我。"

父亲苦涩地摇摇头,眼神变得有些空洞:"我心里难受,像是插了一把刀啊……"

父亲的语气越来越悲凉，越来越凄怆。罗明听了，心如刀割，他低声痛哭起来，他痛恨自己竟然那样自私无情不懂事，让父亲受了这么大的苦。他也暗下决心，以后一定要让父亲晚年幸福。

"娘——呜——呜。"罗明深深地跪在母亲的坟前，额头抵在青石板上，"娘，您若在天有灵，请您见证：今后，我若对父亲不孝……"

"你在干什么？"父亲一把扯起他。

罗明看见父亲的眼睛里闪烁着光亮，看上去，是那样的锐利，那样的深邃，仿佛是一汪看不见底的湖水。湖水里藏着沧桑和忧伤，还夹杂着许多无奈和哀怨。

"爸——"罗明深情地喊了一声。

父亲的眼神慢慢恢复了正常，伸手擦抹着腮边的泪水。"人要有情有义。我不求你做一个有钱人，也不求你做一位大官。但是，不能没有人情味。"

"我一定改。"

父亲站起身来，但他的脚步有些虚浮，向前迈出一步的时候，身形一晃差点儿摔倒。罗明赶紧上前扶住。父亲站稳了，冲罗明摆了摆手，不让他扶。

"我们回去吧。"良久，父亲说道，"回去了，我们回去了。"临走又看了一眼母亲的坟，转身往回走。

回家的路很宽敞，罗明觉得脚步轻快，父亲的脚步也很轻巧。

第二天是除夕，天气依然晴好，远方的天空一片蔚蓝，让人神清气爽，耀眼的阳光照得人们心中透亮。素芳在屋里忙前忙后，罗明主动帮忙燃火、洗菜，不时走出来陪父亲说话、和女儿玩耍。偶尔也在屋外转一圈，看看远山和天空，深吸一口新鲜空气，兴奋得像个孩子。

还有车辆从门前的公路上呼呼地跑过，搬到镇上的人、从远方回来的人都要赶在午饭前回老家吃团圆饭。这一天，意味着一家人团聚，是一年中最重要的时刻，也是人生中最美好的回忆。对罗明来说，这个除夕是他人生的一个重大转折点，从此他将开启一段崭新的人生旅程。

快吃午饭时，父亲拎着一捆纸钱，罗明抱了一桶礼花，朝屋后走去。罗明绕着母亲的坟转了一圈，他发现坟上红色的土块之间，已经冒出猩红的草芽来，芽尖还染上了淡淡的绿意。春天要来了。

很快，素芳就听见天空中传来了礼花炸开的响声。她已经把午饭摆好了。见父子两人回来了，她就高声招呼着他们上桌吃饭。

"今天过年，大家要一起上桌吃饭。"父亲说。

腊猪蹄炖干竹笋、辣子鸡块、糖醋排骨、凉拌青椒、酸辣土豆丝、麻婆豆腐、西红柿鸡蛋汤，桌上一派丰盛的景象。

"素芳，辛苦了。"父亲开心地说。

"嗯，谢谢素芳。"罗明微笑着说。

"谢什么呀？我们是一家人。"

47

正月头两天,罗明、素芳牵上女儿,跟着父亲,带着纸烛上坟,也带着礼物一户一户去拜年。叔伯婶娘客气地说,罗明是儿子,又不是女子回娘家,用不着带东西,随时过来耍就行。素芳说,平时回来的时间少,过年探望长辈是应该的。亲朋好友,一团和气,父亲也高兴。

春节团聚,喝酒是少不了的重要程序。罗明是那帮兄弟中最有出息的一个,年龄也是最大的,大家都叫他大哥。加之,他平时回家少,大家自然不肯放过他。

有了酒,吃饭的时间就拖得长。有时,这边刚下酒桌,那边又喊开饭了,逢席就要拎壶执杯。每次,罗明都要耐心劝大家少喝酒,还给大家介绍大田村推行的"三减三健"健康生活方式。

"具体是什么?"

"就是向城里人学习,少吃盐、少吃油和肉、少吃糖和零食,不抽烟少喝酒,多晒太阳,注意锻炼身体。"

"农村还整得那么时尚?"有人很惊诧。

"现在,农村和城市差不多嘛。"

"那是。农村人也要与时俱进。人家的生活方式,值得提倡和学习。"有人拾话。

"高盐高脂会导致心脑血管疾病。每年这方面死亡的人不在少数。他妈就……"父亲欲言又止。

"做起来不容易啊。"大娘说。

"只要有了这些理念,慢慢就会好起来。城里人也不是一开始就懂的。"

父亲眼含赞许。"早几年兴这个的话,也许……"他怕眼泪不争气流下来,坏了大家的兴致。

超泉觉得不大碗喝酒大口吃肉没有豪气,也少了过年的气氛,嚷着要跟大家喝酒。大娘担心小儿子把控不住自己,劝他少喝,他不高兴,说自己有分寸。可是他还是喝多了。又一杯下肚,他突然从凳子上站起来,捂着嘴巴,快速地向屋外跑去。大娘赶紧跟了上去。

他站在青菜地边,身子躬得像大虾,张大了嘴,喉咙不断地发出啊啊声。吐得厉害的时候,他就伸长了脖子,全身紧缩。大娘扶着他,轻轻地拍打着他的脊背。可是,没有一点儿用处,他什么东西都吐不出来,他只得努力地把脖子伸得更长,拼命摇摆脑袋。

"兄弟,少喝点儿。"

"没事。"超泉豪迈地摇了一下头,"没事,今天高兴。对了,我还没有敬大哥的酒呢。"他提议要敬罗明一杯酒。

罗明左右为难,大娘走过来劝阻道:"我看算了吧!一是你们的酒也喝得差不多了,二是按实说,罗明并不是大哥。"

"他不是?"大家被大娘的话惊呆了。

父亲的脸阴沉了一下,又连忙堆笑说道:"喝多了,都喝多了。"

罗明似乎醉了,连路都走不稳,素芳好不容易将他扶回房间,他老远就向床上扑去,素芳吓了一大跳。如果不是有她扶着,罗明险些摔倒在地上——母亲去世前就有这个动作啊——她害怕极了。

"喝那么多酒干啥?舒服吗?"她有些生气了。

"我难受得……"罗明口齿不清地说。后面的字素芳没有听清楚。

半夜醒来,罗明口渴得难受,想起床去倒点水喝。可是他头痛得厉害,浑身没有一点儿力气。另一头,素芳感到罗明翻腾不止,睡眼蒙眬地说道:"天亮还早,再睡一觉吧。"

罗明睡意全无,昨晚大娘说的话,听起来怎么那么古怪呢?他是家里的老三?可是他从未见过自己的哥哥姐姐啊?他们到哪里去了?罗明心中不安,却害怕又想到某层意思上去。可大娘是不会乱说的,如果没有,父亲也用不着掩饰啊?

48

罗明早早地起床来到屋外,天边一片红光,河谷里的雾气还没有消散,田野里飘荡着温暖的气息。他觉得两颊发烫,像是贴着两块烧红的铁皮。他搓了搓脸,忍不住打了一个喷嚏。昨天的酒喝得并不多,但头隐约作痛,他怕偏头痛又犯了,赶紧折身往屋里走去。

素芳睡得很香,他轻轻地推醒了她:"素芳,素芳。"

素芳迷糊地睁开双眼,看到罗明正站在旁边看着自己。"有事?"

"昨晚大娘说的话你听见了吗?"

"莫想那么多。"素芳怕罗明老毛病又犯了,赶紧制止。

"她说的是什么意思?"

"我哪里知道啊?"

罗明知道从素芳那里问不出结果。"我想回城了,收拾一下还要到帮扶村去。"

"父亲不是让我们在老家多待几天吗?"

"但是,那边的事情也不能不管啊。"

父亲得知罗明的想法后,他那干枯的大丽花般的脸上慢慢渗透出一片阴云。

"趁你们还在家,请大家吃一顿饭吧。"半天,父亲才开口说话,"我给你妹妹打电话。"

"我来打。"素芳说,"就今天中午吧,我来准备。罗明,你去请大娘下来帮我的忙。"

大娘吃过早饭就过来了。人还没有进门,声音倒是先撞了进来。"不用麻烦了嘛。就在我们家里去煮饭吧,菜都是现成的。"

"我们平时也难得回来,请大家也是应该的。"

大娘不再客套,和素芳一起在厨房里忙碌起来。大家各干各的,罗明去请客人,父亲抱了一大堆柴码在灶门口。

吃饭的时候,素芳从屋里拎出一瓶酒来,罗明见了连连摆手,素芳恨了他一眼,走出门正要打开来,大娘急忙阻拦:"酒就不要开了,你们怕是还没有醒吧。"

"要喝点儿,不喝点儿,大家觉得我舍不得。"罗明笑说。

"罗明听我的,今天都喝茶,以茶代酒。"大娘语气坚定。

"好,就喝茶吧。"大家都赞同。

"愿意喝饮料的,这里也有饮料。"素芳赶紧补充。

"酒"过三巡,菜过五味。素芳给罗明使了一个眼色,罗明一动不动,他没有懂起啊。她只好悄悄走到他的身后,揪住他的衣服顿了顿。

罗明跟着素芳来到厨房里。素芳悄声说道:"刚才做饭的时候,我悄悄问了大娘的意思,她还是愿意跟爸爸在一起过。我看爸爸也是这个意思。趁着今天这个场面,你就给大家敬杯'酒',把这个事情说明一下嘛。两个老人生活在一起,彼此都有照应,是好事。"

"罗灵会不会有意见?"

"父母安享晚年是大事。"

"好。"罗明转身回到了酒桌上,"爸爸、大娘,我以茶代酒,敬你们一杯,请大家作陪。祝你们生活愉快,身体健康,天天开心。"

"好,好。"大家附和,都举起了杯。

这顿饭,大娘和父亲吃得很高兴。没有了喝酒的压力,大家也觉得吃得轻松。客人们走后,罗灵和钱林去串门,大娘却留下来和素芳一起收拾碗筷。罗明站在一边和他们说话。

"大娘，我之前还有哥哥姐姐啊？"罗明忍了几次都没忍住，冲口而出。

"是啊。你是老三。"大娘觉得这些事没有什么大不了的，用不着隐瞒。她转头还向父亲扬了一下头："你问你爸爸嘛。"

父亲一直没有提过这件事，但大娘已经把话题挑明了，他只好接过话去："你娘原来并不胖。"

父母结婚两三年都没有孩子，曾经有过一个孩子，不幸在腹中夭折了。后来，他们又有了孩子，还是没有保住。他们到县医院检查过，医生说母亲患有风湿性心脏病，影响怀孕。医生开了一些名字拗口的西药，同时建议母亲不要再怀孕了，风险太大。母亲连续吃了大半年的药，病情才有所好转，但身体也开始发胖了。父亲后来才知道，有些药是激素药，发胖就是药物产生的副作用。胖，不仅没有被他们当成一件坏事，反而觉得是一件好事情。母亲一鼓作气连生了两个孩子。

但是，母亲刚三十岁出头，便有了高血压。父亲担心母亲的病情，开始学医。村里人都说父亲学医，是他不想参加生产劳动，可以一辈子吃轻省饭。其实不是，他想知道母亲的病究竟是怎么回事，能不能找到治疗的办法。

父亲也给母亲开过一些药，但是疗效并不明显，高血压还没有根治的办法，只能依靠吃降压药来稳定。可母亲不想吃药了，自己能吃能睡能下地干活，完全就是一个好端端的人，为啥要吃那些药呢？父亲没有更好的办法，只好顺了母亲。

几十年来，母亲的身体都无大碍，但母亲性子急，这是高血压的大忌，他改变不了母亲的性格。母亲的死，父亲是有预感的，他知道母亲早晚会在这个病上出问题。后来，他觉得自己虽有一身医术，却没有一点儿办法救治自己的妻子，便心灰意冷，慢慢荒废了医业，直到最后完全放弃了。

"这件事，我背了一辈子。"父亲讲完，整个人都放松了，像是脱下了那件沉重的湿衣服。

罗明心中一阵难受，但很快也释然了，他不愿再去纠结以前的事情了，那样，只会给一家人带来痛苦和伤害。他不愿再跟自己过不去了，自己刚刚从一个泥淖里爬出来，他不想再陷进另一个泥潭里去。想开些，过去的事情就让它随风而逝吧。他在心里，深深地感激着母亲，也感激着父亲，他们都是好人，自己一辈子都不会忘记他们。

"你为啥不早说呢？"素芳问父亲。

"我咋给你们说呢？"父亲脸红了。

"过完年，跟我们进城吧？"罗明对父亲说。

父亲一脸笑意："天气暖和了，我还要种点儿地。"

"到时我给你买几百斤米，你一年都吃不完。"

"我还能种地，就不能吃闲饭嘛。"

"明年过年，就到城里去。把妹妹一家人也请上。"罗明说得很认真。

49

下午回城后,素芳开始打扫洗刷,罗明找了一个花盆栽花,那是他从老家山里带回的。

昨晚睡觉的时候,罗明接了一个电话。尽管他开始有些留恋老家了,想好好在家休整两天,好好孝敬父亲,好好听父亲讲他和母亲的事情,但他不得不回城。

他怀着深深的留恋在田野里闲逛。早春的空气中有淡淡的草木清香,他深深地吸了几口,一直沿着河边向山里走去。这就是小时候母亲把他一个人留下,独自回家去吃饭的那个地方。如今,小河枯瘦了,晨雾迷蒙的山林让他感到陌生,与小时的景象大不相同。树木遮天蔽日,地上枯叶覆盖,看不清道路。在罗明的记忆中,山林是光秃秃的,牛羊啃光了草,孩子们蹓光了路,到了秋天,山林里的落叶也被搜刮回家垫牛圈,或是作了引火柴。除了没有种庄稼,山林就是一片荒地。

罗明还记得山林小路的大体走向。但他不敢向林子深处走去,二十多年不见,树林里已幽暗得瘆人。他在林地边坐下来,屏息倾听,从遥远山谷里传来微弱的鞭炮声。

声音越来越响亮,时断时续的。罗明站起来,循声而去。转过一个山弯,眼前豁然开朗,小河斜穿山林,流水清亮,脆响盈耳。罗明在那些干净的石头上跳来跳去,心情畅快多了。大山里的溪流几乎没有细沙,全是石头,几块大石头会围成一个大潭，夏天乌黑深沉，让人胆战心惊。可到了冬天，潭清见底，伸手可触。

沟岸上，密密地长着蕨类植物，他能叫出好多名字来。有一株紫色的箭苗刚破土而出，泛着深绿色，像是贮满了蓬勃的春水。他知道那是一株百合花苗，便两个大步跳过去。覆瓦状的披针鳞片包裹着那颗手指粗细的箭苗，应该是两三年的大百合了。轻轻拨开黄叶覆盖的黑土，一个鸡蛋大小的白蒜头就显露出来，它旁边散布着小百合，两片匙样的茎片相互拥抱，嘴里伸出了柔嫩的小舌，舌头上散布着细小的紫色筋纹。

百合，书中有"云裳仙子"的叫法，象征着纯真净洁的品性，有"百年好合""百事合意"的美意。而且，它的球茎具有清火、润肺和安神的功效，能熬粥吃。

他折了一根树枝，朝深处刨开黑土，一大把黄根露出来后，他抓住球茎轻轻扭动了几下，再慢慢用力将它连根拔出来。罗明重新盖好黑土，又撒上一些落叶，那些洁白的球茎继续安睡在温暖的泥土里，像没有被人惊动过一样。他揪了一把苔藓将手中的百合包住，小心地握在手心里折身往回走。

上次素芳把他的花架打垮后，他想慢慢恢复起来。种花的学问大，植料、肥水、通风、保暖都有讲究。他觉得，养花就是修行。

一个小时后，他泡了一杯清茶，静静地坐在阳台上，眼睛里开满了美丽花朵。

"栽好了？"他回过头看去，素芳正在用毛巾擦拭自己的头发，白花粉色睡衣宽松地套在她的身上。

"是啊。有人破坏，就需要有人重建嘛。"罗明看向她。

罗明收拾了阳台，又洗了澡，把自己打扮得簇新。"我晚上要出去一下。"

"碰到什么喜事了？"素芳有些惊讶，除了结婚，她没见过罗明打扮成这样。

"天大的喜事。"他说完转身离开了，姿势十分潇洒。

这个城市还沉浸在春节的喜气里，人们的脸上洋溢着幸福的微笑。罗明来到蔬菜队的拆迁安置房里，擦拭干净的门上贴着金字红春联、福字，有的门口安装了红灯泡。楼道里，弥漫着饭菜香味和欢声笑语。老人的门上只贴了一个大福字，红纸金字。罗明举起手刚要敲门，门就开了。

"我估计你该到了。"

"不算迟到吧。"罗明在屋里搜寻了一圈，没有看到别人。屋里还是有一股淡淡的霉味，但暖和。"你一个人在家？"

"他们今年没有回家。"

罗明心想，他们可真是实在啊。单位建议不外出，是可以理解的。但把一个年迈的老人扔在家里不管不问，何况还是大过年的，似乎还是说不过去吧？是不是故意把这个建议当成了不回家的借口？在责怪别人的同时，罗明又想起了自己以前的做法，不由得脸红了。

"尝尝我的手艺怎么样？"

"啥子好吃的？"

"秋十大碗。"

"啥子?"

"春十大碗。还有秋十大碗。没有吃过吧?"

"听都没有听过。"

"十大碗又叫水席,主要的菜品有刀口丸子、坨子肉、大酥肉、虾米汤等。我们只有两个人,今天我只做了两个菜。第一道必上的菜是品碗,还有一个虾米汤。"

老人详细讲解了菜的做法,接着又说:"春、秋十大碗都是在传统菜品的基础上,按照季节不同改造了材料和做法。"

"嗯嗯!吃起来不错。"罗明尝了一口。

作为本地人,罗明吃过十大碗,却没有发现其中的细微差别。听老人一讲,顿时觉得这些传统的菜品里的学问大。

看着罗明的表情,老人满意地点点头。"这些菜虽然看着简单,但认真做起来可不容易,不光要考虑到菜肴的口感,更要考虑到用量。费尽心思啊。"

罗明连忙点点头:"没有放鸡精、蚝油这些调味品也好吃。"

"那是,好吃吧。"老人得意扬扬地看着罗明。

罗明暗自吃惊,没有想到老人还有这么一把好手艺。"这么多菜,您都能做出来?"

老人笑着点点头:"不瞒你说啊,当年我可是有名的乡厨呢。"

"啊?"

老人继续说道："多吃点儿吧。不然，下次就没有机会吃我做的菜了。"

罗明心里又一惊："啊？你说什么？"

"我要走了。儿子让我到他那边去。你我相识有缘，所以打电话请你来吃个饭。"

两个人吃得慢。罗明心中不舍，同时也有些高兴。毕竟老人有了一个好的归宿，总比一个人寂寞地住在这里强。

吃完饭，老人拿出纸和笔，缓慢地写了几行字，递给罗明。

"这是我的新住址。"

罗明接过纸条。"不知啥时还能见到你。"

"估计下次，你见到的就是我的骨灰了。"

"不会的。你会长命百岁。"

"有几个人能活到那个份上？以后到了西安，就到这个地方来找我。"

"好的。"

见罗明答应了，老人摇摇头，又点了点头，脸上也泛起红光。他把手伸向罗明，罗明连忙把手放在老人的手中。老人的手掌很暖和，而且十分柔软，这种触碰让罗明感觉有点儿异样，又有一种舒服的感觉。两手紧紧地握在了一起。

"想我了就打电话。"罗明有些伤感，他怕惹得老人伤心，赶紧抽出自己的手，起身告辞。老人站在门口，目送他头也不回地走了。

素芳看见罗明回家,皱着眉头问:"今天到哪去了?去那么久。"

"你还记得蔬菜队那位老人不?"

"知道啊。"

"他要走了,请我吃饭。"

"到哪儿去?"

"他儿子那里,西安。故土难离啊。"罗明无精打采地坐在沙发上。

素芳也坐了下来,停了好一会儿才说道:"你不要多想哈,他也算有了一个可以落靠的地方。"

"明天我要到大田村去。"

"还有两天才收假呢?"素芳惊讶地问。

"不去,我心里不踏实。有几户,儿子儿媳妇没有回来过年,不知道过得咋样。"罗明坚定地说道。

"可是……"

罗明看了素芳一眼,知道她要说什么,但他心意已决。

第二天一早,罗明来到大田村的时候,村主任在村委会值班。

"罗书记,等收假了再上来嘛。急啥?"

"在家待不住啊。"

"昨天,我和书记还在说,趁大家都还没有出门打工,把村公路排水沟维护一下,再把那条河沟也整一下。收假后,我们还去跑一下那个产业项目。还要搞两个培训,一个是产业技能培训，一个是厨师培训。"

"看来你们都想到前头去了。我再不来，就要迟到了。"听到村主任这样说，罗明心放下了一半，"大家过年都过得好吧？"

"好，太好了。"村主任苦笑一声，"大过年的，我们也不好说。"

"我就是有些不放心。但是，具体问题，具体分析，具体对待。我们还是要提醒大家，千万注意饮食安全和身体健康。要不我们去走访一下吧？"

山路上，春天的气息扑面而来，罗明心里升腾出一种英雄新征时的豪情来。老家的方向，山深如海，群峰连绵，天空飘浮着云朵，像一群白鹤在西天边缓缓地飞。

罗明的脸上浮现出会心的笑容。